Die Knickerbocker-Bande

Thomas Brezina

# 13 blaue Katzen

Krimiabenteuer Nr. 42

Mit Illustrationen von Jan Birck

Ravensburger Buchverlag

DIE KNICKERBOCKER BANDE

# STECKBRIEFE

HALLO,
ALSO HIER MAL IN KÜRZE
DAS WICHTIGSTE ÜBER UNS:

## POPPI

NAME: Paula Monowitsch
COOL: Tierschutz
UNCOOL: Tierquäler, Angeber
LIEBLINGSESSEN:
Pizza (ohne Fleisch,
bin Vegetarierin!!!)
BESONDERE KENNZEICHEN:
bin eine echte Tierflüsterin –
bei mir werden sogar Pitbulls
zu braven Lämmchen

## DOMINIK

NAME:
Dominik Kascha
COOL: Lesen, Schauspielern
(hab schon in einigen Filmen und
Theaterstücken mitgespielt)
UNCOOL: Erwachsene, die einen bevormunden
wollen, Besserwisserei (außer natürlich, sie kommt
von mir, hähä!)
LIEBLINGSESSEN: Spaghetti
(mit tonnenweise Parmesan!)
BESONDERE KENNZEICHEN:
muss immer das letzte Wort haben und kann so
kompliziert reden, dass Axel in seine Kappe beißt!

## AXEL

**NAME:** Axel Klingmeier

**COOL:** Sport, Sport, Sport (Fußball und vor allem Sprint, bin Schulmeister, habe sogar schon drei Pokale gewonnen)

**UNCOOL:** Langweiler, Wichtigtuer

**LIEBLINGSESSEN:**
Sushi … war bloß'n Witz (würg), also im Ernst: außer Sushi alles! (grins)

**BESONDERE KENNZEICHEN:**
nicht besonders groß, dafür umso gefährlicher (grrrrrr!)

## LILO

**NAME:** Lieselotte Schroll (nennt mich wer Lolli, werde ich wild)

**COOL:** Ski fahren, Krimis

**UNCOOL:** Weicheier, Heulsusen

**LIEBLINGSESSEN:**
alles, was scharf ist, thailändisch besonders

**BESONDERE KENNZEICHEN:**
blond, aber unheimlich schlau (erzähl einen Blondinenwitz und du bist tot …)

Bibliografische Information Der Deutschen Bibliothek

Die Deutsche Bibliothek verzeichnet diese Publikation
in der Deutschen Nationalbibliografie;
detaillierte bibliografische Daten sind im Internet über
*http://dnb.ddb.de* abrufbar.

3 4 5 6 10 09 08 07


Umschlagillustration: Jan Birck
Printed in Germany
ISBN 978-3-473-47084-6

www.ravensburger.de
www.thomasbrezina.com
www.knickerbocker-bande.com

# INHALT

# HAUS NUMMER 12.076

„Du bist und bleibst ein Sturschädel, Dominik!“, sagte Lieselotte zu Axel.

„Quatsch nicht so obergescheit, Frau Professor Poppi!“, gab Axel Lilo zurück.

„He, sie ist nicht Poppi, sondern Axel“, rief die echte Poppi empört.

„Heißt das, ich bin Lieselotte? Ich muss dagegen protestieren!“, meldete sich der echte Dominik.

„Klappe zu, es zieht, Lilo!“, sagte der echte Axel zur falschen Lieselotte, die in Wirklichkeit Dominik war.

Die Knickerbocker-Bande war an diesem Abend äußerst übermütig. Lachend lief sie durch die Palmenallee, in der auch um zehn Uhr abends noch mindestens 30 Grad herrschten.

„Wir sind da, Nummer 12.076!“, sagte der echte Axel bestimmt. Er wunderte sich immer wieder über die hohen Hausnummern, die es hier in Amerika gab.

„Wir müssen aber nicht zu Nummer 12.076, sondern zu Nummer 12.078, du Dummkopf! Wie oft soll ich dir das noch sagen, Dominik?“, rief die echte Lilo.

Der echte Dominik verzog missbilligend das Gesicht: „Ich schätze es nicht, dass mein guter Name durch Axels Starrköpfigkeit in Verruf gerät!“, sagte er näselnd.

„Ich bin nicht starrköpfig“, wehrte sich Lilo, der falsche Axel.

Die Folge war ein neuer Lachanfall.

Bei Nummer 12.076 war erst mal kein Haus, sondern eine Einfahrt. Sie bestand aus zwei hohen weißen Mauerpfeilern, auf denen steinerne Löwen thronten. Das Tor war ebenfalls weiß und eine kunstvolle Schmiedeeisenarbeit. Es stand weit offen und sah einladend aus.

„Hier sind wir richtig!“, sagte der echte Axel stur. „Hier geht es zur Villa dieser verrückten Klavierspielerin, in der es spuken soll.“

„Nein, die Spuk-Villa ist bei Nummer 12.078, und das ist noch ein Stück weiter!“ Die echte Lieselotte wurde langsam wütend. Sie warf einen Blick auf die Uhr und sagte: „He, zwei Minuten vor zehn Uhr. Die Nachtführung durch das Haus beginnt gleich. Angeblich lässt sich der Geist der großen Klavierspielerin bei diesen Führungen manchmal blicken und spielt sogar etwas. Das will ich nicht versäumen."

„Ich auch nicht!", schloss sich der echte Dominik an.

„Ich auch nicht!", warf im selben Moment die echte Poppi ein.

Die drei Knickerbocker liefen los.

Nur Axel blieb stur stehen. Sollten sie ruhig zur falschen Adresse rennen! Er würde der Einzige sein, der die Führung durch das Spukhaus miterlebte.

Mit geschwellter Brust rückte Axel seine Baseballkappe zurecht. Dann marschierte er mit großen Schritten durch die offene Einfahrt.

Der Weg durch den Park war nur schlecht beleuchtet. Da und dort brannte ein Scheinwerfer und tauchte die Palmen und Sträucher in unheimliches Licht. Ein schwacher Lichtschein fiel auch auf den Kiesweg, sodass Axel zumindest sah, wo er gehen musste.

Der Kies knirschte laut unter den Sohlen seiner Joggingschuhe. In der Stille der Nacht, die im Park herrschte, klang das Geräusch wie gierige Bisse. Als würde ein riesiges Tier seine Beute zerkauen und dabei alle Knochen brechen und zerkleinern.

Der Weg führte in vielen Kurven durch den riesigen Park, und Axel musste lange laufen, bis er endlich das Haus erreichte.

Es handelte sich um eine prunkvolle weiße Villa, deren Vorderfront aus vielen Säulen bestand.

Über der doppelflügeligen Eingangstür brannte eine schwache Lampe, die bräunliches Licht von sich gab.

Das Tor stand offen.

Axel wunderte das nicht im Geringsten. Schließlich fand hier eine Führung statt, und es wurden zahlende Gäste erwartet. Selbstverständlich ließ man für sie die Tür offen stehen.

Er sah auf die Uhr und stellte wütend fest, dass es bereits vier nach zehn war. Bestimmt hatte die Führung schon begonnen.

Er trat ein und stand in einer riesigen, zweistöckigen Halle. Vor ihm lag ein breiter Treppenaufgang, der in das obere Stockwerk führte.

Auf mehreren kleinen Tischchen standen Kerzenleuchter, auf denen aber keine Wachskerzen brannten. Das flackernde, rötliche Licht kam von Elektrokerzen.

Axel erkannte in jeder Wand eine große, dunkle Holztür.

Die Stille im Haus war unheimlich.

Plötzlich hörte Axel sein Herz laut pochen. Er war schnell gelaufen und in der schwülen Hitze der Nacht ins Schwitzen geraten.

Er legte die Hand fest auf seine Brust und wartete, bis sein Herzschlag wieder halbwegs normal war. Eigentlich ging das bei ihm sehr schnell, aber in dieser Nacht dauerte es lange.

Wo war die Führung? Sie konnte doch noch nicht weit sein.

Axel versuchte eine Tür nach der anderen zu öffnen, aber alle waren abgeschlossen. Er konnte auch nirgendwo einen Ticketschalter oder einen Souvenirstand entdecken.

Sonderbar. Sehr sonderbar!

Zum ersten Mal kamen Axel Zweifel, ob Lilo nicht doch Recht gehabt hatte. War er im falschen Haus? Axel räusperte sich laut.

Stille. Nichts. Wieder hörte er nur das Klopfen seines Herzens. Auch von draußen kam kein Laut.

„Hier oben! Kommen Sie rauf!“, rief plötzlich eine schwache, heisere Stimme aus dem ersten Stock. Sie klang gedämpft, als würde ihr Besitzer in einem Schrank sitzen.

Das musste der Führer sein, der die Besucher begleitete.

„Coole Stimme, klingt echt unheimlich“, sagte Axel leise zu sich. Hier in Amerika wussten die Leute, was eine gute Show war.

Er lief die Treppe nach oben und nahm dabei immer drei Stufen auf einmal. Axel rechnete damit, auf eine kleine Gruppe von aufgeregten Menschen zu treffen, die auf den Geist der berühmten ausgeflippten Klavierspielerin wartete.

Aber auch oben war niemand. Axel stand in einer weitläufigen Galerie, die ebenfalls von elektrischen Kerzen in flackerndes Licht getaucht wurde. Diesmal waren die Kerzen an der Wand befestigt.

Und wieder viele verschlossene Türen.

„Ha… hallo?“, rief Axel zaghaft.

Nach Sekunden, die ihm wie eine Ewigkeit erschienen, kam eine Reaktion.

„Hier! Hier bin ich!“ Wieder hatte die schwache, heisere Stimme geantwortet.

Wie von Geisterhand öffnete sich die hinterste Tür. Es fiel kein Licht aus dem Raum, der dahinter lag.

„Guter Gag“, brummte Axel. „Gehört bestimmt zur Show!“

Er ging langsam auf die Tür zu.

Der dicke, flauschige Teppich schluckte jedes Geräusch. Seine Schritte waren nicht zu hören.

Der Raum hinter der Tür lag in völliger Dunkelheit.

„Bestimmt stehen jetzt alle anderen da drin und machen ‚huuuh', wenn ich reingehe!", dachte Axel.

Er schob sich durch den schmalen Spalt, der offen stand, aber nichts geschah.

Kein „Huuuh", kein Kichern, kein Lachen, keine Begrüßung. Nur Dunkelheit und noch mehr unheimliche Stille.

Langsam gewöhnten sich Axels Augen an die Finsternis.

# ICH HABE ES GETAN

Im Zimmer befand sich außer ihm nur noch eine Person. Ganz sicher war das nicht der Mann, der die Besucher durch das Spukhaus führte. Der Unbekannte lag in einem riesigen Himmelbett. Es hatte an jeder Ecke eine hohe Säule. Zwischen den Säulen waren kleine Vorhänge gespannt.

Axel konnte nicht sehen, wer im Bett lag. Dazu war es zu dunkel. Das Einzige, was er erkennen konnte, war die Form eines dünnen, langen menschlichen Körpers unter der Decke. Er bildete sich zumindest ein, dass es sich um einen Körper handelte. Genau sagen konnte er es nicht, da die Vorhänge im Weg waren.

Der Mann im Bett sprach langsam, keuchend und mit letzter Kraft.

„Ich muss es Ihnen sagen, ich muss es gestehen, sonst finde ich keine Ruhe. Ich habe es doch getan. Ich habe es getan, obwohl Sie mich gewarnt hatten."

Nein, Axel war wirklich nicht im Spukhaus der Klavierspielerin gelandet. Das hier war echt und viel, viel schauriger.

Axel ahnte, dass nicht er erwartet worden war. Er wollte die Verwechslung aufklären, wusste aber nicht wie.

„Ich habe es getan, und es gibt 13 Opfer. Die blauen Katzen wissen alles. Alles … wissen die blauen Katzen!"

Die Stimme des Mannes war mit jedem Wort schwächer geworden. Den letzten Satz hatte er nur noch gehaucht und danach kehrte wieder Stille ein.

Axel hielt den Atem an und lauschte angestrengt.

Kein Geräusch. Kein Atmen. Nichts.

Kaltes Grauen überfiel Axel. Er schauderte und spürte, wie Panik in ihm aufstieg. Er begann am ganzen Körper zu zittern und hatte das Gefühl, keine Luft mehr zu bekommen.

Der Raum erschien ihm plötzlich wie eine Gruft. Er ahnte, dass er gerade Ohrenzeuge eines letzten Geständnisses geworden war.

Aber war der Mann gestorben? Oder schlief er nur tief?

Nein, keine Sekunde hielt es Axel in einem Zimmer aus, in dem vielleicht ein Toter lag.

Für wen hatte ihn der Mann gehalten? Wieso war er in seiner letzten Stunde hier allein? Warum kümmerte sich niemand um ihn?

Am ganzen Körper zitternd wankte Axel aus dem Schlafzimmer. Der dicke Teppich schluckte jedes Geräusch.

Erschrocken zuckte Axel zusammen, als sich die Tür mit einem leisen Klick hinter ihm schloss.

Er hastete zur Treppe und lief hinunter. Seine Beine waren plötzlich so steif, als hätte jemand Eisenstangen eingezogen. Er musste sich am Geländer festhalten, um nicht zu stolpern und zu stürzen.

Überhaupt schien Axels Kopf plötzlich mit Blei ausgefüllt zu sein. Die Erlebnisse der letzten Minuten verschwanden wie hinter einem dicken Vorhang.

Mit eckigen Schritten durchquerte er die große Halle und gelangte ins Freie.

Mit einem dumpfen Knall fiel die schwere Eingangstür ins Schloss. Axel drehte sich um und versuchte sie wieder zu öffnen, aber sie war abgeschlossen.

Als der Junge sich umdrehte und an der Fassade des Hauses emporblickte, sah er hinter einigen

Fenstern das flackernde, rötliche Licht der Elektrokerzen. Im selben Moment erlosch es in allen Räumen gleichzeitig.

Weg, nur weg!, war Axels einziger Gedanke.

Er lief und lief und lief. Der Park nahm kein Ende.

Ein Auto kam ihm entgegengefahren. Das Licht der Scheinwerfer bohrte sich durch die Hecke, die einen Teil des Weges begrenzte.

Axel wollte auf den Wagen zulaufen und den Fahrer alarmieren, aber plötzlich schlug seine innere Stimme Alarm. Er bog nach rechts ab, um hinter dem dicken, rauen Stamm einer Palme in Deckung zu gehen. Das Scheinwerferlicht streifte ihn ganz kurz. Ob ihn der Fahrer gesehen hatte? Axels Herz raste. Es klopfte so heftig, dass er das Gefühl hatte, es würde seine Brust sprengen.

Er versuchte langsam und tief durchzuatmen und sich zu beruhigen. Die Angst erfüllte ihn wie glühendes Quecksilber.

Der Wagen war an ihm vorbeigefahren und steuerte auf den kleinen Platz vor dem Haus zu. Der Motor wurde abgestellt und jemand stieg aus. Axel konnte das Knirschen der Schritte hören, als der Unbekannte zum Haus lief. Er rüttelte an der Eingangstür und trommelte mit der Faust dagegen.

Axel war hinter der Palme in die Knie gegangen, weil er nicht mehr die Kraft hatte zu stehen. Er kämpfte sich in die Höhe und wankte wie betrunken weiter zum Ausgang des Grundstückes.

Endlich erreichte er die weißen Pfeiler mit den Löwen. Das große Gittertor begann sich gerade leise quietschend zu schließen.

Endspurt! Axel war ein ausgezeichneter Läufer, aber in diesem Augenblick versagten seine Beine. Es war, als hätte er überhaupt keine Kraft mehr.

Er musste sich zwingen, einen Fuß vor den anderen zu setzen.

Das Tor hatte bereits die Hälfte seines Weges zurückgelegt, aber er war noch immer zu weit davon entfernt.

„Kämpfen, du musst kämpfen!“, sagte seine innere Stimme.

Axel kämpfte, dachte fest an jeden Schritt, hatte nur das Ziel vor Augen. Er musste es schaffen!

Das Grundstück war nämlich von einem hohen Zaun umgeben, der aus langen, spitzen Eisenstangen bestand. Ein tiefes Brummen verriet, dass er unter Strom stand. Es war unmöglich, darüber zu klettern.

Nur noch zwei Meter bis zum Tor! Nur noch drei, höchstens vier Schritte! Noch war der Spalt groß genug. Er würde es schaffen. Beine, lauft schneller! Seid nicht so schwer! Bewegt euch, befahl er sich selbst.

Axel musste sich drehen, sich so dünn wie möglich machen und dann seitlich durch den letzten, schmalen Spalt schlüpfen, der noch geblieben war.

Er war bereits zur Hälfte durch, als seine Gürtelschlaufe an einer Schraube hängen blieb. Axel riss und zerrte, aber er kam nicht vom Fleck. Das Tor schloss sich unerbittlich weiter. Die Antriebsmotoren waren stark und die schweren Flügel des Eisentores würden Axel zerquetschen.

# DIE VERRÜCKTESTE STADT DER WELT

Eine Sirene heulte auf, neben den Löwen setzten sich orangefarbene Alarmblinklichter in Gang.

Die Torflügel blieben stehen, aber Axel steckte zwischen ihnen fest. Die harten Kanten pressten sich in seinen Bauch und seinen Rücken und er konnte kaum atmen.

„He, was machst du da, Dominik?“, fragte eine spöttische Stimme.

Axel drehte den Kopf und sah seine Knickerbocker-Freunde an einer der Palmen lehnen. Sie hatten lässig die Arme vor der Brust verschränkt und grinsten schadenfroh.

„Rausholen … helfen!“, stieß Axel hervor.

„Das kommt davon, wenn man fremde Grundstücke betritt!“, meinte der echte Dominik.

„Jaja, unser Dominik, der größte Sturkopf aller Zeiten!", ätzte die echte Lieselotte.

Axel stand so unter Schock, dass er nicht mehr mitkam. Er hatte das Spiel der Knickerbocker-Bande längst vergessen und verstand nicht, wieso er plötzlich Dominik genannt wurde.

„Bitte, helft! Schnell!", wimmerte Axel. Er fühlte sich wie zwischen zwei riesigen Messern. Sollte sich das Tor wieder in Bewegung setzen, würden ihn die Klingen zerschneiden.

Der echte Dominik erkannte, dass mit Axel wirklich etwas nicht stimmte. Er lief zu ihm und riss an Axels Hemd. Jetzt konnte Axel den Oberkörper nach draußen lehnen, hing aber noch immer fest. Dominik entdeckte die Gürtelschlaufe an der Schraube und holte Axels Taschenmesser aus seiner Hose. Er zerschnitt die Schlaufe und zerrte an Axels Hosenbund.

Endlich war Axel frei. Er taumelte auf den breiten Gehweg und stürzte auf den warmen Beton. Unbeweglich blieb er liegen.

Besorgt liefen nun auch Lilo und Poppi zu ihm und knieten sich neben ihn auf den Boden.

Lieselotte rüttelte ihn an der Schulter. „He, ist das ein Witz? Lass das! Steh auf!"

Axel reagierte nicht.

„Hör zu, wir waren auch nicht im Spukhaus. Die Führung war bereits losgegangen, als wir hingekommen sind. Man muss auf die Minute pünktlich sein. Offenbar liebt der Geist der Klavierspielerin keine Verspätungen."

Lilo schmunzelte über ihren eigenen Scherz, aber das Lächeln gefror ihr im Gesicht, als Axel noch immer keinen Ton von sich gab.

„He, Dominik, was soll das? Spinnst du heute komplett?", rief sie.

Mit einem scharfen, lauten, metallischen Geräusch schloss sich das Gittertor.

Eine dunkle Gestalt tauchte dahinter auf und beobachtete die Freunde durch die Gitterstäbe.

„Dominik! Was ist?" Lieselotte bekam es mit der Angst zu tun.

„Sag nicht immer Dominik zu ihm!", meinte Poppi und kam sich gleich darauf blöd vor, weil sie überhaupt nichts zu Axels Rettung beigetragen hatte.

Die dunkle Gestalt im Garten verfolgte jede Bewegung der Junior-Detektive. Augenscheinlich versuchte der Unbekannte zu verstehen, was sie auf Deutsch besprachen.

Stöhnend richtete sich Axel auf.

„Mir ist so schlecht!", jammerte er.

Plötzlich sprang er in die Höhe, als hätte ihn jemand mit Nadeln ins Hinterteil gestochen. Er rannte los, als wäre der Teufel hinter ihm her.

„He, warte, Dominik … äh … ach was, bleib stehen!“ Lilo war total verwirrt. War das alles ein Scherz?

So schnell sie konnten, folgten sie ihrem Freund.

Der Unbekannte hinter dem Tor rüttelte am Gitter. Als es sich nicht öffnete, trat er mit aller Kraft dagegen. So fest, dass sein Fuß danach schmerzte.

Wie ein Panther rannte er vor dem Gitter auf und ab und überlegte, wie er hier wieder hinauskommen könnte. Plötzlich kam ihm eine Idee. Er rannte zu seinem Auto, einem Pontiac, und ließ den Motor an.

Der rote Sportwagen schwenkte auf einen kleinen, schon ziemlich zugewachsenen Weg, der rechts an dem großen Haus vorbeiführte.

Ein helles Schrillen schallte durch die Dunkelheit.

Nach einer kurzen Pause schrillte es wieder.

Dann noch einmal.

Und schließlich ein viertes Mal.

Jemand stöhnte und etwas Weiches flog durch die Luft.

Axel konnte nicht mehr atmen. Das weiche Etwas

war auf seinem Gesicht gelandet und drohte ihn zu ersticken. Er riss es weg und schlug die Augen auf.

Über ihm war ein Gitter, hinter dem es surrte und immer wieder blitzte.

Neben ihm wurde ein Telefon abgehoben und er hörte Dominik sagen: „Was gibt es denn?"

Die Stimme am anderen Ende der Leitung redete schnell und aufgeregt.

„Was? Schon so spät? Ich habe verschlafen, tut mir Leid!", entschuldigte sich Dominik, legte auf und sprang aus dem Bett. Er kam zu Axels Bett und beugte sich über ihn. „Wie geht's dir heute?"

„Hmmmm … och …" Mehr brachte Axel nicht raus.

Langsam zog in seinen Kopf wieder Klarheit ein.

Er erinnerte sich an den unendlich langen Flug aus Europa. Die Knickerbocker-Bande war zuerst zehn Stunden lang nach New York geflogen, dort umgestiegen und noch einmal fünf Stunden Richtung Westen gejettet.

Im Landeanflug auf das Ziel ihrer Reise hatten sie unter sich nur rote Wüste gesehen. Da und dort lagen gelbbraune Felsbrocken, aber es gab kein einziges Haus.

„Der Pilot muss sich verirrt haben", hatte Axel vermutet.

Aber der Pilot hatte sich nicht verirrt. Plötzlich und völlig unerwartet tauchte unter ihnen eine Stadt auf.

Eigentlich war es keine Stadt. Es handelte sich um eine lange Straße, die sich quer durch die Wüste zog. Links und rechts davon erhoben sich riesige Hotels, die in der Abenddämmerung von Millionen von Lichtern und Neonröhren beleuchtet wurden.

Dazu kamen blinkende, blitzende und grell strahlende Leuchtreklamen, die die Straße in einen bunten Streifen verwandelten.

„He, seht euch das an!", hatte Lilo gerufen.

Gar nicht weit von der Landebahn entfernt erhob sich eine schwarze Pyramide. Die drittgrößte Pyramide der Welt, wie ein Herr neben ihr erklärte.

Allerdings war darin kein Pharao bestattet. Die Pyramide war ein Hotel, in dem 2000 Gäste Platz hatten.

Die Knickerbocker-Bande war in Las Vegas, im amerikanischen Bundesstaat Nevada.

Die Stadt war für die vielen Casinos und Glücksspielautomaten bekannt, denn im Staate Nevada war das Glücksspiel erlaubt, im Gegensatz zu den meisten anderen Staaten von Amerika.

Las Vegas war aber nicht nur eine Stadt für Glücksspieler. In den vergangenen Jahren waren hier die irrsten Hotels aus dem Boden gewachsen.

Neben der Pyramide erhob sich ein Smaragd-Palast, ein grün schillerndes Monsterhotel mit mehr als 4000 Betten.

Ein Hotel war als Schloss von König Artus gestaltet, eines sah wie die modernsten Hochhäuser von New York aus, eines wie die Piratenstadt aus dem Film „Die Schatzinsel", und die Knickerbocker-Bande wohnte in einem weiß-goldenen Hotel namens Mirage.

Gleich bei der Ankunft blieb ihnen vor Staunen der Mund offen stehen. Die riesige Ankunftshalle des Hotels war ein tropischer Wald.

Hinter den freundlich lächelnden Mädchen an der Rezeption erstreckte sich ein Salzwasser-Aquarium, in dem echte Haie, Zitterrochen und hunderte von bunten tropischen Fischen schwammen.

Im Schwimmbecken des Hotels sprangen Delfine und in einem geräumigen Gehege räkelten sich die berühmten weißen Tiger der Magier Siegfried und Roy.

Um zu den Hotelzimmern zu gelangen, musste man sich durch einen Wald von Spielautomaten kämpfen. Überall warfen Leute Münzen ein, drückten Tasten oder zogen Hebel, starrten auf drehende Räder und warteten auf die richtigen Symbole.

Kamen sie, klingelte es und der Automat spuckte Münzen aus. Kamen sie nicht, wartete er hungrig auf den nächsten Einsatz.

Warum die Knickerbocker-Bande in diese total verrückte Stadt gekommen war?

Dominik sollte in der größten Show der Welt auftreten. Er spielte einen jodelnden Zwerg, der auf einem Berg stand und aus voller Brust jodelte. Danach erschien ein Riese (sieben Meter hoch!!!), packte den Zwerg und schleuderte ihn durch die Luft, wo er sich in einen Feuerball verwandelte. Der Feuerball landete auf der Bühne, verglühte in einem Blitz und aus ihm heraus trat wieder der Jodelzwerg.

Wie dieser Trick funktionierte, durfte Dominik nicht verraten. Er hatte sogar unterschreiben müssen, dass er nicht einmal seine besten Freunde einweihte.

Dominik hatte Axel, Lilo und Poppi mitbringen dürfen. Allein wollte er hier in Las Vegas nämlich wirklich nicht sein.

Die Bande war bereits vor zwei Tagen in Las Vegas angekommen, doch Dominiks Proben hatten sich verschoben. Daher waren die vier so viel wie möglich unterwegs und sahen sich alles an.

„Ich muss sofort los, die Proben haben schon begonnen. Ich habe verschlafen!", rief Dominik hektisch und rannte wie ein aufgescheuchtes Huhn durch das große Zimmer. „Mannomann! Obwohl ich den Weckruf gestern ins Telefon eingetippt habe, kam er nicht. Ich bin ein Opfer der Technik!"

Das Wort Opfer erinnerte Axel mit einem Schlag an die vergangene Nacht. Er musste mit Lilo darüber reden, er hatte Angst.

Axel spürte, dass er in Gefahr war. In großer Gefahr.

# SCHLIMME NEUIGKEITEN

Die Direktion des Theaters, in dem Dominik spielte, hatte eine Aufpasserin für die Knickerbocker-Bande engagiert. Sie hieß Lucinda und war eine der schlimmsten Schreckschrauben, die die Junior-Detektive je erlebt hatten.

Lucinda behandelte die vier Freunde wie Babys. Sich selbst bezeichnete sie gern als „Monstersitter". Sprach sie jemand auf ihre Arbeit an, verdrehte sie theatralisch die Augen, stöhnte, schnaufte und ächzte wie nach einem 100-Kilometer-Lauf: „Es ist der absolute Horror, diese kleinen Monster zu beaufsichtigen."

In Las Vegas war alles anders. Zum Beispiel gab es Frühstück in einer Einkaufspassage, die wie das alte Rom aussah. Lilo, Poppi und Axel saßen in einem kleinen Restaurant und vertilgten das ungewöhnlichste Frühstück, das sie je gehabt hatten.

Vor ihnen standen Teller mit einer Mischung aus Bratkartoffeln, Rührei und Speck, daneben riesige Waffeln mit Bergen von Schlagsahne, Eis und Schokosoße und außerdem Fruchtsalat in einer Suppenschüssel.

Langsam und sehr stockend berichtete Axel von seinen Erlebnissen. Lucinda verstand zum Glück kein Wort, weil sie nur Englisch sprach. Sie vertrieb sich die Zeit damit, sich die Nägel zu feilen, den Nagellack zu entfernen und die Nägel wieder frisch zu lackieren.

Lieselotte hatte staunend zugehört, ohne ihn auch nur ein einziges Mal zu unterbrechen. Als er fertig war, knetete und zwirbelte sie ihre Nasenspitze auf Hochtouren.

„Irre, einfach irre“, sagte sie immer wieder. „Aber hat der Mann sich nicht genauer ausgedrückt? WAS hat er getan? WER sind die Opfer?“

Poppi kaute seit Minuten an einem Stück Ananas und sagte leise: „Willst du das wirklich genauer wissen? Ich meine, es klingt doch eindeutig nach Mord. Der Typ hat 13 Leute umgebracht, seine Opfer.“

Das Superhirn der Bande sah das nicht so. „Ich glaube das nicht. Es geht um etwas anderes. Der alte

Mann glaubt, mit jemandem geredet zu haben, der ihn angeblich gewarnt hat. Das würde bedeuten, er hat seine Aktion irgendwann einmal angekündigt."

Axel gingen die 13 blauen Katzen nicht aus dem Kopf. Wo gab es BLAUE Katzen? Und wieso wussten diese Tiere alles? Und wenn sie etwas wussten, konnten sie es vielleicht verraten?

„Lucinda, kennst du dich in Las Vegas gut aus?", fragte Lilo die „Wachfrau" auf Englisch.

Lucinda warf ihr langes platinblondes Haar über die Schulter und blickte Lilo fragend an. Die „Sumpfgurgelschnepfe" – wie Dominik sie getauft hatte – hielt es für unter ihrer Würde, mit den Junior-Detektiven mehr als das Nötigste zu reden.

„Wer wohnt in der Villa Canion Drive 12.076?", wollte Lieselotte wissen.

Lucinda lächelte gequält. „Kindchen, in Las Vegas wohnen tausende Menschen. Ich kenne doch nicht jede einzelne Adresse auswendig."

„Es ist das Grundstück neben dem Spukhaus von Allegretta, der verrückten Klavierspielerin", versuchte Lieselotte ihr auf die Sprünge zu helfen.

Da Lucinda auch jetzt noch keine Ahnung hatte, beschlossen die drei, mit dem Taxi hinzufahren und sich umzusehen.

„Heute gehe ich mit euch ins Hotel Zirkus. Dort

gibt es Tag und Nacht eine Show und außerdem den größten überdachten Rummelplatz der Welt. Ihr dürft mit der Todesschleuder oder der Splash-Bahn fahren, so oft ihr wollt!", leierte Lucinda.

„Wie wunderbar, wir können uns nichts Spannenderes vorstellen!", hauchte Lieselotte.

Während Lucinda bezahlte, gingen die drei schon auf die Straße. Sie winkten einem Taxi, das sofort hielt.

„Canion Drive 12.076", nannte Lieselotte dem Fahrer die Adresse.

Der Fahrer war ein drahtiger, nicht sehr großer Mann mit stark gebräunter Haut. Er trug einen Jogginganzug, eine Baseballkappe und eine übergroße Sonnenbrille. Er kaute unentwegt an seinem Kaugummi.

Murmelnd wiederholte er die Adresse. „He, dort wohnt doch der alte Wintrop. Wenn ihr den besuchen wollt, kommt ihr zu spät. Er hat gestern Nacht den Löffel abgegeben."

„Wie bitte?" Die Knickerbocker verstanden nicht, was der Mann meinte.

„Er ist abgekratzt, gestorben, tot."

Als der Fahrer die betroffenen Gesichter der drei bemerkte, entschuldigte er sich vielmals. „Seid ihr mit ihm verwandt?", erkundigte er sich vorsichtig.

Die Knickerbocker schüttelten die Köpfe.

„Ich weiß etwas, das für jemand anderen sehr wichtig sein kann", murmelte Axel. „Ich kenne das größte Geheimnis dieses Mister Wintrop. Auch wenn ich nicht genau verstehe, was es zu bedeuten hat."

„Die Frage ist, ob du es für dich behalten oder weitersagen sollst", sagte Lieselotte leise.

Der Taxifahrer blickte die Junior-Detektive im Rückblickspiegel lange an. „Was ist? Wollt ihr trotzdem hin?", fragte er.

Lilo nickte, Poppi schüttelte den Kopf und Axel zuckte mit den Schultern.

„Ja", entschied Lieselotte schließlich.

„Wer war dieser Mister Wintrop?", erkundigte sie sich während der Fahrt.

Der Taxifahrer, der sich als Archie vorgestellt hatte, überlegte eine Weile, bevor er mit der Geschichte begann. „Winifrid Wintrop ist der Erfinder der WWW-Eiscreme."

Axel, Lilo und Poppi kannten dieses Eis. Es wurde in ganz Amerika im Fernsehen und auf Plakaten beworben und war ein Megahit. Es gab viele WWW-Eisdielen mit den tollsten Spezialitäten, wie zum Beispiel „Pizza-Eis", „Hotdog-Eis", „Gummibären-Eis" und „Schlankmacher-Eis".

„Mister Wintrop hat sein Unternehmen vor sieben Jahren verkauft und damit Milliarden verdient. Seit damals lebte er ganz allein in seiner Villa, weil er sich mit allen verkracht hatte. Allein, aber dafür vollautomatisch. Er hasste jegliches Dienstpersonal und deshalb ging bei ihm alles auf Knopfdruck. Er wollte nur noch allein sein. Stellt euch bloß vor, als er gestorben ist, hat sofort eine Alarmanlage die Polizei und den Doktor geholt – vollautomatisch. Keine Ahnung, wie das möglich war. Vielleicht hatte er selbst ein Gerät eingebaut, das Alarm schlug, als seine Pumpe aussetzte." Erklärend fügte er gleich hinzu: „Mit Pumpe meine ich das Herz, klar?"

In seiner letzten Stunde hatte Mister Wintrop aber jemanden zu sich gerufen. Jemanden, den er wahrscheinlich ganz gut kannte. Eine Person, zu der er Vertrauen hatte. Und diese Person wusste mit seinem Geständnis bestimmt etwas anzufangen.

Aber wer war der große Unbekannte?

Das Taxi bog in die Allee ein, die die Knickerbocker-Bande nur bei Nacht kannte. Die Palmen waren mindestens zwanzig Meter hoch. Irgendwie sahen die Stämme wie Elefantenfüße aus.

Das schmiedeeiserne Tor stand offen und in der Auffahrt parkten zwei schwarz-weiße Polizeiwagen.

„Was wollt ihr hier?“, fragte Archie neugierig.

Lilo fiel so schnell keine gute Antwort ein.

„Ist auch egal, ihr werdet schon eure Gründe haben“, sagte Archie sofort.

Axel holte ein paar Dollarscheine aus seiner Hose und bezahlte. Die drei stiegen aus und gingen mit weichen Knien auf das Tor zu.

Hinter ihnen wendete das Taxi und fuhr mit aufheulendem Motor davon.

Allerdings nicht weit. Blitzschnell schwenkte Archie in eine Parklücke und stellte den Wagen dort ab. Er stieg aus und beobachtete die Bande aus sicherer Entfernung.

# ALLES VOLLAUTOMATISCH

„Wenn die Polizei hier ist, dann hat das etwas zu bedeuten“, meinte Lilo. Sie hatte auch einen Vorschlag, wie sie für sich mehr Klarheit in die Sache bringen könnten: „Wir reden mit den Polizisten, verraten aber nichts. Vielleicht geben sie uns einen Hinweis, wovon Mister Wintrop gesprochen haben könnte.“

Axel zögerte. Ihm war gar nicht wohl bei der ganzen Sache. Er wollte den Park nicht mehr betreten und auch nicht mehr in das Haus zurückkehren, in dem er so schlimme Momente erlebt hatte.

„Komm, es ist wichtig. Vielleicht musst du der Polizei die Sache mit den Opfern und den 13 blauen Katzen erzählen“, meinte Lieselotte. „Es könnte sich wirklich um ein Verbrechen handeln.“

Schließlich ließ sich Axel doch überreden und folgte den Mädchen.

Der Park sah bei Tag nicht weniger unheimlich aus als in der Nacht. Alles wirkte so künstlich, als wäre der Rasen, als wären die Büschen und Bäume alle aus Plastik.

Die drei Knickerbocker folgten dem Weg, der sich in vielen Windungen durch die Gartenanlage bis zu dem weißen Haus zog.

Die Eingangstür stand offen, aber vor dem Haus war niemand zu sehen.

Nachdem Lilo kräftig durchgeatmet hatte, ging sie mit großen Schritten auf die Tür zu und betrat das Haus.

Auch bei Tag wurde jeder Besucher von dieser gespenstischen Stille empfangen. Die Halle war blitzsauber und nirgendwo stand etwas herum, das auf einen Bewohner hingedeutet hätte.

Poppi und Axel hielten sich dicht hinter dem Oberhaupt der Bande. Alle drei hatten ein ungutes Gefühl im Bauch. Es war die Ungewissheit und Ratlosigkeit, die ihnen sehr zu schaffen machte. Lieselotte hasste es, wenn sie nicht genau wusste, was zu tun war.

Aus dem oberen Stockwerk kam ein Geräusch. Es war das Klicken eines Fotoapparates.

Lilo machte den Mund auf, um sich bemerkbar zu machen, rief dann aber doch nicht. Sie ging die breite, geschwungene Treppe nach oben und erreichte den riesigen Vorraum mit dem dicken Plüschteppich. Axel und Poppi folgten ihr.

„Dort hinten ... die einzige offene Tür, das ist das Schlafzimmer von diesem Mister Wintrop! Dort war ich drin", hauchte Axel, der am ganzen Körper zitterte. Ihm war eiskalt und trotzdem schwitzte er schrecklich.

Die Junior-Detektive schlichen näher und hörten Stimmen im Schlafzimmer. Lilo verstand genug Englisch, um zu kapieren, was die Polizisten besprachen. Was sie hörte, jagte ihr eine Gänsehaut über den Rücken.

„Die Matratze des Bettes klappt in der Mitte auseinander, wenn die Person, die darin liegt, gestorben ist", sagte einer.

„Auf einem Förderband wird der Leichnam in den Keller transportiert und dort automatisch in einen Sarg gelegt", fuhr ein anderer fort.

„Der Sarg wurde vollautomatisch verschlossen und zugeschweißt und von einem Speziallift nach oben in die Vorhalle gebracht. Dort haben ihn die Kollegen vorgefunden", erklärte ein dritter.

„He, Leute, hier liegt eine Garantie der Erzeugerfirma, dass die ganze Anlage tadellos funktioniert", meldete der erste Polizist.

„Dieser Wintrop war wirklich ein Spinner", stellten sie alle fest und lachten.

„Wer erbt eigentlich seine Milliarden?", fragte Polizist Nummer drei.

„Das weiß man noch nicht. Das Testament wird erst in drei Wochen geöffnet. So hat es der alte Knacker verfügt. Er will wohl seine Erben ein wenig auf die Folter spannen!"

Eine schwere Hand legte sich auf Lieselottes Schulter. Mit einem spitzen Schrei drehte sie sich um und sah in ein rotes, dickbackiges Gesicht.

Hinter ihnen stand noch ein Polizist, der sofort zu brüllen begann. Er wollte wissen, was die drei hier machten, wer sie waren und ob sie wussten, was sie mit ihrem Eindringen alles verbrochen hatten.

Den drei Freunden wurde schlecht, als der Polizist Handschellen aus der Tasche holte.

Durch sein Geschrei waren auch seine Kollegen aufmerksam geworden und kamen aus dem Schlafraum.

Alle trugen schwarze Hosen, dunkelgraue Uniformhemden, dunkelblaue Krawatten und Sonnenbrillen. Sie stützten die Hände in die Hüfte und pflanzten sich breitbeinig vor der Bande auf.

Ängstlich drängten sich die drei aneinander.

Lilo schossen schreckliche Gedanken durch den Kopf. „Und wenn das gar keine Polizisten sind, sondern Mitglieder der Mafia? Vielleicht sitzen die Polizisten gefesselt im Keller? Oder die Mafiosi haben diese Sargrutsche an ihnen getestet, und sie sind schon eingeschweißt?"

Keuchend kam ein Mann die Treppe herauf. Er

trug einen sehr schicken, teuren hellen Anzug und hatte kurzes, drahtiges Haar. Irgendwie sah er wie ein Junge aus, der ungefähr zwanzigmal in der Schule sitzen geblieben war.

Der Mann hatte rote Angstflecken im Gesicht, Schweißperlen über der Oberlippe und keuchte wie nach einem Dauerlauf.

„Was ist hier los? Was tun Sie da? Was soll der Auflauf?“, schrie er die Herumstehenden an.

Der dickgesichtige Mann mit den Handschellen zog eine Dienstmarke aus der Hosentasche und stellte sich als Inspektor O’Connor vor. Die anderen waren seine Leute.

Lieselotte atmete fast ein bisschen auf. Also doch Polizisten und keine Mitglieder der Mafia!

Der junge Mann strich sich ständig von hinten nach vorn über das Haar und atmete schwer.

„Ich heiße Winni Wintrop“, erklärte er und verteilte kleine gelbe Geschäftskarten. „Von Wintrop-Drinks. Sie wissen schon, die coolen Drinks mit dem Geschmack von wilden Früchten.“ Den letzten Satz sang er, als träte er in einem Werbespot auf.

Die Polizisten runzelten die Stirn und rümpften die Nasen.

„Wir kennen nur Wintrop-Eiscreme“, brummte einer.

„Sind Sie mit dem Verstorbenen verwandt?“, fragte ein anderer.

Winni Wintrop war enttäuscht, dass sie seine Drinks nicht kannten. „Ich bin sein Sohn“, sagte er, und seine Stimme klang bitter. „Ich habe heute Morgen in New York in den Nachrichten von Vaters Tod erfahren und bin sofort hergekommen. Aber wieso ist das Haus voller Polizisten und Kinder?“

„Der Hausmeister nebenan hat erzählt, es sei gestern spätabends jemand zu ihrem Vater zu Besuch gekommen“, erklärte der Inspektor.

Axel traf diese Meldung wie ein Blitz. Er zuckte zusammen und krümmte sich, als hätte er schreckliche Bauchschmerzen.

„He, reiß dich zusammen! Nichts anmerken lassen“, raunte Lieselotte ihm zu.

„Außerdem sei dann später auch noch ein Wagen aufgetaucht“, fuhr der Inspektor fort. „Wir müssen den Meldungen nachgehen um sicherzustellen, dass ihr Vater nicht ermordet wurde.“

Winni nickte heftig. „Gut, sehr gut. Und die Kinder, sind das kleine Straßenstrolche, die stehlen wollten?“, fragte er.

„Die Kinder knöpfen wir uns gleich mal vor“, kündigte der Inspektor an.

Axels Herz raste. Er legte eine Hand auf die Brust,

weil er Angst hatte, die anderen könnten das laute Pochen hören. Es würde verraten, dass er mit der Sache zu tun hatte. Wenn ihn die Polizisten verhörten, würde er bestimmt auspacken müssen, und vielleicht schoben sie ihm dann etwas Schreckliches in die Schuhe.

Axel sah sich schon im Gefängnis sitzen.

# DIE AUGEN

„Da seid ihr ja, wie lange muss ich noch auf euch warten? Ich habe euch doch gesagt, dass man das Haus des berühmten Mister Wintrop nicht besichtigen kann!“, sagte eine Stimme hinter den drei Knickerbockern.

Erstaunt drehten sie sich um und sahen Archie. Er kaute an einem Zigarillo, trug noch immer die Sonnenbrille und schüttelte ununterbrochen den Kopf.

„Gehören die zu Ihnen?“, fragte der Inspektor.

Archie nickte. „Ja, Besuch von der Halbschwester meiner Kusine aus Europa. Schrecklich neugierige Kinder. Essen so gerne Wintrop-Eis und wollten deshalb unbedingt den alten Mister Wintrop kennen lernen.“

Er verzog das Gesicht zu einem mitleidigen Lächeln und machte eine stumme Kopfbewegung zu Axel, Lilo und Poppi. Sie sollte sagen: Die armen, kleinen Irren haben ja keine Ahnung. Sind ein bisschen bekloppt.

Der Inspektor atmete tief durch und schob die drei Junior-Detektive dann in Richtung Archie. „Passen Sie in Zukunft besser auf die Kinder auf", riet er ihm.

Der Taxifahrer versprach es und begann leise mit den dreien zu schimpfen. Er schob sie vor sich her die Treppe hinunter.

Als sie außer Hörweite der Polizisten waren, sagte er leise: „Na, habe ich das nicht super gemacht?"

Axel nickte dankbar. Ihm war ein Stein vom Herzen gefallen.

Von der Treppe aus fiel Lieselotte an der Wand der Halle ein Gemälde auf. Es zeigte wahrscheinlich einen Vorfahren der Wintrops, der aus England nach Amerika ausgewandert war. Auf dem Bild trug er die groben, braunen Klamotten eines armen Mannes, der ein graues Bündel unter dem Arm hielt. Sein Gesicht war voll Sehnsucht nach einem besseren Leben im neuen Land. Die Augen …

Lieselotte kniff ihre eigenen Augen zusammen und riss sie wieder auf.

Nein, sie hatte sich nicht geirrt. Die Augen des gemalten Mannes glänzten. Sie glänzten, als wären sie feucht. Als wären sie lebendig.

Das Superhirn der Bande stürmte die Treppe hinunter auf das Bild zu. Lilo streckte die Hand aus, um mit den Fingern die Augen zu betasten. Sie war höchstens noch zehn Zentimeter entfernt, als eine Alarmanlage losheulte.

Lieselotte erschrak, starrte aber trotzdem weiter auf das Bild. Die glänzenden Pupillen verschwanden und wurden durch matte, gemalte ersetzt.

„Ich … ich halt's nicht aus …", stammelte Lieselotte.

Von oben kamen zwei Polizisten herunter, und Archie zog die drei Knickerbocker hastig aus dem Haus.

„Was war denn?", erkundigte sich Poppi.

Lilo gab ihr ein Zeichen, dass sie später alles erzählen und erklären würde.

„Danke, dass Sie uns da rausgeholfen haben", sagte Axel im Auto, wo es angenehm kühl war.

Archie warf ihm einen Blick über den Rückspiegel zu und grinste breit. „Was seid ihr eigentlich? Geschrumpfte Detektive oder was?"

„Ja, wir sind Detektive", erklärte Lieselotte stolz.

„Und was gibt es beim alten Wintrop zu ermitteln? Ist er vielleicht wirklich umgebracht worden?“, fragte Archie. Seine Stimme klang nicht neugierig, sondern scharf und bohrend.

„Nein ... das wissen wir nicht. Wir wollten nur mal in die Villa und so ...“, stotterte Lilo herum. Der Taxifahrer war ihr zu neugierig. Das gefiel ihr gar nicht.

Archie unternahm noch einige Versuche, mehr aus ihnen herauszubekommen, aber vergebens.

Als er sie beim Hotel Mirage absetzte, bot er an, sie jederzeit wieder zu fahren. Er überreichte Lilo seine Geschäftskarte, und das Superhirn steckte sie ein.

Auf dem Gang vor den beiden riesigen Zimmern stand Lucinda. Sie schnaufte wie ein Walross und warf die blonde Mähne von einer Seite auf die andere. Bevor sie zu einer Strafpredigt ansetzen konnte, sagte Lilo: „Wir sind am Leben, klar! Und wir gehen jetzt und treffen uns mit Dominik. Tschüss!“

Lucinda begann zu kreischen, als hätte Lieselotte sie mit Kuhmist beworfen. Sie rannte den dreien nach, aber Axel, Lilo und Poppi waren schneller. Sie sprangen in den Lift, und die Tür schloss sich sofort hinter ihnen.

Das Theater, in dem Dominik auftrat, befand sich im Smaragd-Palast. In diesem Palast aus grünem Glas gab es nicht nur 4000 Hotelbetten, sondern auch mindestens so viele Spielautomaten und an die fünfzig Restaurants.

Der Eingang zum Theater lag am Ende eines langen Ganges und sah unauffällig aus. Er bestand aus drei dunkelblauen, sehr breiten Eisentüren, die man auch für Notausgänge hätte halten können.

Als Dominik herauskam, war er total aufgeregt und kribbelig.

„Leute, ihr ahnt nicht, was sich hinter diesen Türen befindet. Die größte Halle, die ihr je gesehen habt, ist eine Toilette gegen diesen Saal. Und die Bühne! Ich brauche Rollschuhe, damit ich innerhalb von fünf Minuten von einem Ende zum anderen komme."

„Übertreib nicht so", brummte Axel.

Dominik ließ das nicht auf sich sitzen und zeigte seinen Freunden das Theater. Er hatte wirklich nicht angegeben, es war tatsächlich so riesig.

„He, verschwindet hier, keine Besucher!", rief jemand. Auf der Bühne wurde nämlich gerade ein riesiges Metallgestänge montiert, das zu dem Zaubertrick gehörte. Beim Aufbau durfte niemand zusehen.

Die Bande setzte sich in ein mexikanisches Restaurant und bestellte Tacos, Poppi natürlich ohne Fleisch.

Aufgeregt berichteten sie Dominik, was sich am Vormittag alles ereignet hatte.

„Ich … ich fühle mich echt mies. Ich habe Angst. Große Angst. Ich meine, was hat mir Mister Wintrop erzählt? Was hat das zu bedeuten? Auf jeden Fall war er ein total verrückter Kerl. Das Automaten-Haus ist unglaublich“, stotterte Axel.

Lieselotte zwirbelte mal wieder nervös ihre Nasenspitze. Normalerweise regte das ihre Gehirnzellen an, aber an diesem Tag schien der Trick nicht zu funktionieren. Alles, was sie bisher herausgefunden hatten, ergab keinen Sinn.

Eine Frage beschäftigte sie ganz besonders: „Wer hat uns nur beobachtet? In die Augen eines Porträts Löcher zu schneiden und jemanden auf diese Weise zu überwachen, ist der älteste Trick der Welt. Er passt so gar nicht in dieses vollautomatisierte Haus.“

Außerdem hatte Mister Wintrop doch ganz allein gelebt. Wenn das wirklich so war, hatte sich nach seinem Tod jemand in das Haus geschlichen und dort versteckt. Es musste jemand sein, der sich auskannte und über das Geheimnis des Bildes Bescheid wusste.

Wer war der große Unbekannte? Vielleicht der Fahrer des roten Sportwagens, der nach Axel eingetroffen war? Also derjenige, auf den Mister Wintrop eigentlich gewartet hatte?

Lieselotte wusste, was jetzt zu unternehmen war. Aber würden sie sich das auch trauen? „Wir müssen in der Nacht zur Villa zurück und sie noch einmal unter die Lupe nehmen", verkündete sie.

„Ohne mich!", sagte Axel sofort.

„Ohne mich!", schloss sich Dominik an.

„Ich hab auch wenig Lust", gestand Poppi.

Lilo ging es nicht anders. Und allein wollte sie unter keinen Umständen an diesen gruseligen Ort zurück.

Schlau sagte sie: „Na ja, Axel, dann wirst du die Sache mit den Opfern und den 13 blauen Katzen für immer für dich behalten müssen. Wir werden nie erfahren, was sie zu bedeuten hat. Aber natürlich kannst du auch der Polizei erzählen, dass du gestern Nacht in der Villa warst ..."

Nein, das würde Axel unter keinen Umständen tun. Er gab sich geschlagen. „Ich ... ich begleite dich!" Dabei dachte er allerdings: Auch wenn ich mich ganz mies dabei fühle, schreckliche Angst habe und ganz genau spüre, dass wir es nicht tun sollten.

# DER VOLLAUTOMATISCHE HUND

Lucinda war einem Nervenzusammenbruch nahe, als die Knickerbocker-Bande am Nachmittag in das Hotel zurückkam. Die vier lächelten sie unschuldig an und taten, als wäre nichts geschehen.

„Austoben lassen, bis sie müde ist!“, sagte Lieselotte wie ein erfahrener Babysitter.

Artig zogen sich die vier Junior-Detektive um neun in ihre beiden riesigen Zimmer zurück. Sie hatten beim Abendessen (Chinesisch in einem Restaurant, das dreimal so groß wie eine Bahnhofshalle war) ständig gegähnt und beteuert, sie seien sehr müde. Lucinda, die selbst total erschöpft war, nahm es ihnen ab.

„Schlaft tief und lange! Dominiks Probe beginnt morgen erst um elf. Ich möchte selbst ausschlafen und hole euch erst gegen zehn Uhr ab!“, sagte sie schnippisch beim Verabschieden.

Die Knickerbocker grinsten sie lammfromm an und winkten, bevor die Türen zu ihren Zimmern zufielen.

Die Jungen wollten nach ein paar Minuten zu den Mädchen kommen, um einen genauen Plan für den nächtlichen Ausflug auszuhecken.

Das Telefon schrillte. Lieselotte hob ab, meldete sich, lauschte kurz und schrie dann: „Die tickt ja wohl nicht richtig!“

Sie stürmte zur Tür und versuchte sie zu öffnen.

Die Tür war verriegelt. Von außen verriegelt!!! Sie ließ sich von innen nicht öffnen.

Auf dem Gang hörten sie Lucinda triumphierend kichern. „Ihr kleinen Monster wolltet wohl schon wieder ausrücken. Daraus wird nichts. Ich habe die Türen doppelt verschließen lassen. Nur auf meine Anweisung hin werden sie wieder geöffnet. Frühestens morgen Früh! Schlaft brav, ihr kleinen dämlichen Schafe!“

Mit gackerndem Gelächter zog sie ab.

Lilo stürzte zum Telefon zurück und rief Axel und Dominik an.

„Diese verdammte Sumpfgurke!“, schimpfte sie. „Was machen wir jetzt?“

Dominik hatte bereits eine Idee, bat sie aber, kurz zu warten. Sie mussten sicher sein, dass Lucinda wirklich aus dem Haus war.

Eine Minute nach halb zehn telefonierten die Knickerbocker wieder miteinander. Dominik gab den Mädchen Anweisungen, was zu tun war.

„Nehmt ein Feuerzeug und haltet es unter den Feuermelder. Ich wette, in null Komma nichts sind Leute da, die die Türen aufschließen."

Lieselotte lobte Dominik für diese Idee. Ein bisschen ärgerte sie sich, dass ihr das nicht selbst eingefallen war.

Ein Feuerzeug hatten die Mädchen nicht, dafür aber Streichhölzer. Sie entdeckten den Feuermelder im Vorraum. Er sah aus wie ein Kartoffelschälmesser, in das ein Glasröhrchen eingebaut war.

Als die Flamme des Streichholzes das Röhrchen traf, zersprang es, aber nichts geschah. Lilo zündete noch ein paar Streichhölzer an, die sie unter das Warngerät hielt, aber die Anlage schien defekt zu sein.

Die Jungen hatten auch kein Glück. Keine Sirene, kein Alarm, nichts.

Entmutigt und enttäuscht ließen sich die Junior-Detektive auf die Betten fallen. Sie waren fast ein wenig erleichtert, weil ihnen der Ausflug nun erspart blieb. Auf der anderen Seite hatten sie sich schon voll darauf vorbereitet und einander viel Mut zugesprochen.

Jemand klopfte an der Tür. „Bitte öffnen Sie! Sicherheitsdienst!", rief eine tiefe Stimme im Flur.

„Wir können nicht, die ist ...!" Poppi kam nicht weiter, weil Lilo ihr den Mund zuhielt. „Wir können nicht, weil die Tür sich nicht öffnen lässt!", rief sie.

Es klickte einige Male und ein kleiner Mann mit Spitzbauch trat ein.

„Seltsam, war von außen doppelt abgeschlossen", brummte er. „Das machen wir nur, wenn Gäste ein paar Tage verreisen, aber ihr Gepäck hier lassen."

Er blickte sich suchend um. „Wir haben einen Feueralarm gemeldet bekommen, aber hier brennt ja gar nichts. Habt ihr vielleicht geraucht?"

„Natürlich nicht!", riefen die Mädchen.

„Verdammte Anlage, ein Fehlalarm nach dem anderen!", brummte der Mann und zog ab.

Nachdem er auch die Jungen befreit hatte, trafen die Knickerbocker einander auf dem Gang. Sie klatschten die Hände in der Luft zusammen und riefen zufrieden: „Jäääää! Vier Knickerbocker lassen niemals locker!"

Mit einem Taxi fuhren sie zur Adresse Canion Drive 12.076. Als sie aus dem Wagen ausstiegen, sahen sie, dass das Tor geschlossen war und weit und breit keine Autos parkten.

Das beruhigte sie ein bisschen.

Lilo erinnerte sich, dass Axel von irgendjemandem beobachtet worden war. Um das zu vermeiden, beschlossen sie, nicht über das Tor zu klettern. Sie liefen am Zaun entlang und suchten nach einer Stelle, an der sie darübersteigen konnten.

Die Suche blieb erfolglos. Der Zaun stand durchgängig unter Strom und war oben zusätzlich mit Stacheldraht versehen.

Poppi fand schließlich doch noch eine Möglichkeit, wie sie auf das Grundstück gelangen konnten. „Wir machen es wie ein Hund. Wir buddeln uns unten durch."

Die Knickerbocker-Bande entdeckte dann auch eine Stelle, an der sich bereits eine tiefe Mulde unter dem Zaun gebildet hatte. Sie mussten nur noch ein wenig Erde wegkratzen und konnten dann auf dem Bauch durch das Loch rutschen.

Fast gleichzeitig knipsten sie die vier Taschenlampen an.

Poppi drehte sich noch einmal um und untersuchte die Mulde, durch die sie gekrochen waren. Sie deutete auf lockere Erde, ungefähr dreißig Zentimeter vom Rand der Vertiefung entfernt, und

sagte: „Dieses Loch hat ein Hund gebuddelt. Er hat sich unter dem Zaun durchgegraben.“

Allgemeines erstauntes Nicken.

Leise marschierten sie durch den düsteren Garten. Zwischen den Baumstämmen und Sträuchern blitzten manchmal die schwachen Gartenleuchten auf, die den Weg erhellten. An ihnen konnten sich die Junior-Detektive orientieren, um das Haus zu finden.

Irgendwo, aber nicht weit entfernt, gab ein Hund zwei müde Beller von sich.

In Poppi erwachte sofort die Verantwortung als

Tierschützerin. Vielleicht hatte Mister Wintrop einen Hund gehabt, der jetzt ganz allein irgendwo lag und um sein Herrchen trauerte. Sie musste ihn retten, damit er nicht zu streunen begann oder vielleicht sogar vor lauter Kummer verhungerte.

„Kommt mit!", flüsterte sie den anderen zu und lief in die Richtung, aus der das Bellen gekommen war.

Links von ihnen erhoben sich die weißen Außenmauern und hohen Säulen der Villa. Sie gingen daran vorbei und bemerkten einen gepflasterten Fahrweg im Rasen. Zwischen den Pflastersteinen war Gras gewachsen, das den Weg fast vollständig zudeckte.

Wieder bellte der Hund. Diesmal sogar dreimal.

Sie folgten dem gepflasterten Weg, der sie in den hintersten Winkel des Gartens führte. Dort stand völlig versteckt ein niedriges Gärtnerhaus mit einer großen Garage. Daneben entdeckten sie einen Zwinger mit hohen Gittern.

Ein wolliger, schwarz-weißer Bobtail erhob sich, als er sie sah und kam schwanzwedelnd an die Umzäunung. Er wirkte sehr müde und schläfrig und hatte Mühe, sich auf den Pfoten zu halten.

Poppi näherte sich langsam dem Gitter und redete dabei ständig auf den Hund ein.

Der Bobtail setzte sich auf sein dickes Hinterteil und hob die rechte Pfote, als wollte er Poppi begrüßen.

Schließlich hockte sich das Mädchen vor den Zaun und streckte die Hand durch die Maschen. Sie streichelte den Hund und kraulte ihn am Kopf, was er mit wohligem Grunzen zur Kenntnis nahm.

„Der Arme! Wenn Mister Wintrop so krank war, hat er sich bestimmt nicht um ihn gekümmert“, meinte Poppi.

Lilo deutete auf das Gärtnerhaus. „Vielleicht wohnt jemand hier, der den Hund versorgt hat. Oder er gehört überhaupt dem Gärtner.“

„He, das müsst ihr sehen!“, rief Axel. Er kniete an einer Ecke des Hundezwingers und deutete auf eine Metallsäule, die wie ein Wasserhydrant der Feuerwehr aussah. Darunter standen zwei Schüsseln, von denen eine mit Wasser gefüllt war. Die andere war bis auf wenige, eingetrocknete Hundeflockenreste leer.

Lilo konnte es nicht glauben. „Ein Futterautomat. Auch der Hund wird automatisch gefüttert.“

„Einen Streichelautomaten gibt es aber nicht“, stellte Poppi fest. „Und einen Gassi-Automaten auch nicht. Der Arme kann doch nicht für immer da drin bleiben, oder?“

„Mister Wintrops Sohn wird sich bestimmt um ihn kümmern“, meinte Dominik.

Poppi befriedigte diese Antwort ganz und gar nicht.

Lieselotte schlich zum Haus und spähte durch die Fenster. Da sie keine Anzeichen auf einen Bewohner entdecken konnte, leuchtete sie mit der Taschenlampe hinein.

„Leer, die Zimmer sind leer!“, stellte sie überrascht fest.

„Die Garage nicht!“, meldete Dominik. „Es steht ein Wagen drin, der aber zugedeckt ist.“

Lilo ging sofort zum Garagentor und versuchte es zu öffnen. Der Griff ließ sich drehen und mit einem lang gezogenen Quietschen schwenkte das Tor nach oben.

Fast gleichzeitig klickte das Schloss des Hundezwingers. Die Tür sprang von allein auf und der Hund trottete heraus. Er setzte sich in Trab und lief auf das Haus zu.

„Ihm nach!“, flüsterte Lieselotte.

Die Junior-Detektive folgten dem Bobtail, der wie ein lebendiges Plüschtier aussah. Er lief fröhlich wedelnd auf die Villa zu und verschwand durch eine große Klappe in der Hintertür.

„Wollen wir auch?“, fragte Lilo leise.

Langes Zögern.

„Los, so eine Möglichkeit bekommen wir so bald nicht wieder!“, hauchte das Superhirn und drückte die Klappe auf. Die Öffnung war groß genug für sie.

Poppi, Axel und Dominik folgten.

# SPUK IM TOTENHAUS

Stille. Absolute Stille. Totenstille.

Die vier Junior-Detektive standen in dem Raum, der sich hinter der Tür befand, und hörten nichts als ihren eigenen Herzschlag, das Rauschen des Blutes in ihren Ohren und ihr gepresstes Atmen.

„Ich halt...“, begann Axel, aber Lieselotte stieß ihn sofort mit dem Ellbogen an. Obwohl Axel geflüstert hatte, klang es wie ein Schreien.

Dominik war der Erste, der sich traute, seine Taschenlampe anzuknipsen und den Raum abzuleuchten.

Das Knipsen hörte sich wie ein Knall in einer Höhle an, und als der Lichtkreis über die Möbel tastete, verstand die Bande auch den Grund.

Sie standen in einer großen Küche. Sie sah wie die

Küche eines Hotels aus und war mit Möbeln und Geräten aus gebürstetem Stahl und Aluminium eingerichtet. Die Wände waren weiß gekachelt, der Boden mit spiegelnden Steinplatten ausgelegt.

Es war aber weder ein Kochtopf, noch Gemüse, Fleisch oder Obst zu sehen. Nichts. Alles leer.

„Wo ist der Wuffi?“, fragte Axel leise.

In der Küche war er bestimmt nicht mehr. Aber am Ende des Raumes gab es eine weitere Tür, die einen Spaltbreit offen stand.

Die Knickerbocker blieben dicht beisammen und gingen im Gänsemarsch hintereinander darauf zu. Sie schlüpften durch den Spalt und standen in der kahlen Eingangshalle.

Diesmal flackerten nicht einmal die elektrischen Kerzen. Alles war dunkel.

„Wieso ist der Hund hier hereingelaufen?“, fragte Dominik.

Niemand wusste eine Antwort.

Lieselotte nahm allen Mut zusammen und ging zu dem Bild. Die Augen des Einwanderers glänzten nicht, sie waren wieder matt und dunkel.

Das Superhirn entdeckte links und rechts vom Bild schwarze Türen. Vielleicht hatte sich der Unbekannte in einem der Räume hinter dem Bild versteckt.

Sie versuchte es zuerst bei der rechten Tür und hatte Glück. Die Tür ging auf und Lieselotte leuchtete in einen völlig leeren Raum.

Enttäuscht ging sie wieder hinaus und versuchte es bei der zweiten Tür. Auch die ließ sich öffnen, allerdings befand sich dahinter kein Zimmer, sondern eine nackte Mauer. Die Tür schien nur aus Dekorationszwecken hier angebracht worden zu sein.

Bedeutete das, es gab gar keinen Hohlraum hinter dem Bild? Zu gerne hätte Lieselotte es abgehängt, aber sie fürchtete, die Alarmanlage dabei auszulösen.

„Ich halt's nicht mehr lange aus. Mir wird schon ganz schlecht", gestand Axel, der am ganzen Körper schwitzte und zitterte.

„Los, wir suchen nach den blauen Katzen!", entschied Lieselotte. „Sie müssen hier im Haus sein. Vor allem, wenn es echte Katzen sind."

Dominik tippte sich an die Stirn und raunte: „Quatsch, es gibt keine echten blauen Katzen."

Poppi widersprach ihm. „Gibt es doch. Die französischen Karthäuserkatzen und die englischen Kurzhaarkatzen haben ein blaugrau schimmerndes Fell. Ich habe sie schon auf Katzenausstellungen gesehen. Es sind tolle Tiere mit kupferroten Augen."

„Und wie sollen diese Katzen etwas wissen?", fragte Dominik spöttisch. „Es sind Tiere, die nicht sprechen können."

„Hör zu, du alter Besserwisser, gute Detektive verfolgen jede Spur. Und zwar so lange, bis sie sicher sind, dass es keine heiße ist. Erst dann geben sie auf!", schnaubte Lieselotte.

Das Superhirn schlug vor, sie sollten sich aufteilen. Jeder könnte einen anderen Teil des Hauses übernehmen.

Damit war Axel allerdings nicht einverstanden. Er wollte unbedingt, dass sie zusammenblieben.

Im Erdgeschoss war nichts. Sie entdeckten zwei weitere leere Räume und noch eine falsche Tür.

Mit weichen Knien stiegen sie in das obere Stockwerk.

Immer wieder hatte Axel das Gefühl, der alte Mister Wintrop spräche zu ihm. Die Stimme war ganz nah an seinem Ohr, als würde ihn sein Geist begleiten.

Axel bildete sich sogar ein, ihn zu spüren. Einige Male drehte er sich um, sah aber immer nur Dunkelheit.

Keine Spur vom Hund. Er war verschwunden.

Die Türen des Obergeschosses führten alle in leere Zimmer. Nur im Schlafzimmer von Mister

Wintrop war noch immer das dunkle Himmelbett zu sehen. Axel ersparte sich den Anblick. Ihm wurde nur beim bloßen Gedanken an das Bett und die raue Stimme des Mannes eiskalt.

Lieselotte knetete ihre Nasenspitze und murmelte: „Es kann doch nicht sein, dass jemand das Haus ausgeräumt hat seit gestern. Oder?"

Sie standen mitten in der Halle des Obergeschosses und überlegten, als sich plötzlich rund um sie etwas veränderte. Es war, als würde die Sonne aufgehen.

„Die … die Elektrokerzen", stammelte Axel.

Ganz langsam setzten sie sich in Betrieb. Zuerst war ihr Licht orangerot, dann wurde es gelb und schließlich fast blendend weiß.

Kaum brannten alle Kerzen, begannen sie heftig zu flackern. Alle auf einmal, dann abwechselnd, Leuchter für Leuchter.

Dazu kamen Geräusche aus den leeren Zimmern. Dort knirschte und ächzte es schaurig.

„Das klingt, als würden die Wände verschoben!", rief Axel.

„Oder die Möbel verrückt!", stieß Poppi hervor.

„Quatsch, es gibt dort keine Möbel!", keuchte Dominik.

„Der Geist … es ist der Geist des alten Wintrop,

der uns raus haben will. Wir stören seine Ruhe", begann Axel vor sich hin zu faseln. Er wusste selbst, dass er Unsinn redete, aber in diesem Augenblick glaubte er wirklich daran.

Das ganze Haus war mittlerweile von Ächzen, Kratzen und Wimmern erfüllt. Es hörte sich an, als würde die Villa wie ein Kartenhaus in sich zusammenstürzen.

Die Knickerbocker standen wie angewurzelt da und warfen ängstliche Blicke nach allen Seiten.

Als der Boden leicht zu vibrieren begann, war alles klar. Nun nichts wie weg!

Axel rannte als Erster los, die anderen folgten ihm.

Die Elektrokerzen flackerten immer schneller. Das schummrige, rötliche Licht ließ die kahlen Räume noch gruseliger erscheinen. Die Bande hatte große Mühe, nicht über Teppichkanten oder Stufen zu stürzen, da sie fast nichts erkennen konnten.

Die Küche, sie mussten durch die Küche. Im Garten waren sie bestimmt sicher.

Die Küche lag wie ein Operationssaal vor ihnen. Sie wählten den Weg zwischen den riesigen Kochstellen in der Mitte des Raumes, kamen aber nicht weit.

Schubladen sausten von allein heraus und trafen

Lieselotte am Bein. Sie wurde zur Seite gestoßen und ruderte verzweifelt mit den Armen. Dabei griff sie mit den Händen auf die Herdplatten und schrie auf. Die Platten waren heiß!

„Andere Seite!“, kommandierte Dominik, der den klarsten Kopf behalten hatte. Er packte Poppi an der Hand und zerrte sie nach links. Als er an den hohen Schränken vorbeilief, flogen auch dort die Türen auf und trafen die beiden Knickerbocker am Kopf.

Töpfe klapperten, Geschirr klirrte, das Wasser in

der Spüle begann von allein zu fließen und die riesigen Dunstabzugshauben setzten sich in Gang. Sie heulten auf, und der Sog, den sie erzeugten, war ungeheuer stark. Die langen Haare der Mädchen wurden in die Höhe gehoben und in Richtung des Dunstabzuges gesaugt.

Keuchend, am ganzen Körper zitternd und klatschnass geschwitzt erreichten die vier endlich die Hintertür. Sie knieten nieder und Axel stieß die Hundeklappe auf.

Das heißt, er wollte sie aufstoßen. Sie war aber plötzlich verriegelt.

Die Knickerbocker-Bande saß in der Falle.

# DIE KNICKERBOCKER GEHEN BADEN

Axel, Lilo, Poppi und Dominik kauerten auf dem Fußboden der Küche und drückten sich mit dem Rücken gegen die Hintertür. Einer von ihnen hatte immer die Taschenlampe eingeschaltet und ließ den Lichtkreis durch den Raum gleiten.

So plötzlich, wie der Spuk begonnen hatte, war er auch wieder vorbei.

Im ganzen Haus war beängstigende Stille eingekehrt.

Kein Geräusch war mehr zu hören. Kein Ticken einer Uhr, kein Telefon, kein Uhrenschlag, keine Tür, keine Schritte, kein Bellen, kein Miauen, keine Stimme, nichts. Stille, nur Stille.

„Wir … wir hätten nie herkommen dürfen“, sagte Axel leise.

„Für diese Erkenntnis ist es zu spät“, antwortete Dominik trocken.

Lieselotte, die sich schon ein wenig beruhigt hatte, meinte: „Das war kein Spuk. Das waren bestimmt nur technische Tricks.“

„Sehr schlau, Frau Oberstudienrat. Aber wer hat die Tricks ausgelöst? Der Hund?“, schnaubte Axel.

Damit hatte er den Nagel auf den Kopf getroffen. Das Schlimmste für die Bande war in dieser Situation der große Unbekannte. Er befand sich ziemlich sicher im Haus, doch er ließ sich nicht blicken. Was hatte er noch vor?

„Die Tür!“, hauchte Poppi.

Die Küchentür begann sich zu öffnen. Millimeter für Millimeter schwenkte sie auf.

Die vier Freunde waren vor Schreck starr und stumm. Mit weit aufgerissenen Augen starrten sie auf die Tür. Sie pressten sich immer fester gegen den Hinterausgang und wünschten, er würde nachgeben und sich öffnen.

Die Tür schwenkte ganz auf und Dominik lenkte den Strahl seiner Taschenlampe auf die Türöffnung.

Es war niemand da.

„Sag niemals mehr, dass es hier nicht spukt!“, keuchte Dominik.

Schritte. Schritte auf dem Steinboden. Es kam jemand. Es war bereits jemand in der Küche, der sich ihnen näherte.

Bisher hatten die Knickerbocker immer nur eine Taschenlampe angeknipst, um Batterien zu sparen. Nun aber schalteten sie alle vier ein und leuchteten hastig hin und her.

Niemand zu sehen. Die Schritte waren deutlich zu hören, obwohl sich niemand im Raum befand.

Poppi spürte etwas Feuchtes auf ihrem Arm. Sie schrie laut auf.

Als Antwort kam ein entschuldigendes „Wuff".

„Ach, du bist es!", stöhnte das Mädchen, als sie den zottigen Kopf des Bobtails sah.

Der Hund leckte sie liebevoll ab und legte seinen Kopf auf ihre Schulter.

„Wo hast du die ganze Zeit gesteckt?", wollte Axel wissen.

Das Licht in der Küche flammte unter lautem Klicken und heftigem Blinken auf. Es waren diesmal keine Elektrokerzen, sondern Neonröhren.

Die Knickerbocker sprangen mit einem lauten Schrei in die Höhe.

In der Tür stand Winni Wintrop. Sein Gesicht war wutverzerrt und seine Hände zitterten so heftig, dass er sie schnell hinter dem Rücken versteckte.

„Ihr? Ihr schon wieder? Wer seid ihr? Seid ihr von daheim ausgerissen? Versteckt ihr euch hier, oder was?“, schrie er.

Bevor die Bande noch antworten konnte, redete er schon weiter: „Ich rufe die Polizei. Sofort. Ihr seid Gauner. Bestimmt war der Typ mit der Sonnenbrille euer Anführer. Ihr seid eine Einbrecherbande und gehört hinter Gitter.“

Winni Wintrop sah sich hastig nach einem Telefonapparat um. Normalerweise stand in einer amerikanischen Villa immer einer in Reichweite.

Nicht aber so im Haus des alten Mister Wintrop.

Winni lief in die Eingangshalle und die vier Junior-Detektive blickten einander fragend an.

„Was ... was machen wir jetzt? Ich habe keine Lust, von der Polizei geschnappt zu werden", jammerte Poppi.

Lieselotte schlich auf Zehenspitzen zur Küchentür und spähte hinaus in die Halle. Sie gab den anderen ein Zeichen ihr zu folgen.

„Die Eingangstür ist offen, wir können raus!", flüsterte sie.

Winni Wintrop war in das obere Stockwerk gelaufen, um dort nach einem Telefon zu suchen.

Die vier Freunde nickten einander zu und rannten dann wie geölte Blitze los. Sie durchquerten die Halle in Rekordzeit und stürzten ins Freie. Bestimmt hätte Wintrop Junior nichts davon bemerkt, wenn ihnen nicht der Bobtail laut bellend nachgelaufen wäre. Er schien die Flucht für ein Spiel zu halten und drückte seine Begeisterung mit großen Sprüngen und wildem Gekläff aus.

„Stopp! Bleibt da! Stopp!", brüllte Winni Wintrop von oben.

Auf Dominik machte er einen verrückten Eindruck. Seine Stimme war hoch, schrill und irgendwie überdreht. Außerdem schnitt Winni beim Reden ständig Grimassen und sein Körper zuckte, als würde ihn jemand dauernd an einem anderen Körperteil mit einer Nadel stechen.

„Bleibt stehen, sonst … sonst schieße ich!“, drohte Winni, aber die Knickerbocker-Bande war bereits im Garten und rannte zu dem Loch unter dem Zaun.

Winni Wintrop torkelte und stolperte wie betrunken hinter ihnen her. Als Axel sich umdrehte, sah er ihn wild mit den Armen rudern. Licht fiel aus einem Fenster auf ihn und Axel erkannte, dass Winni keine Waffe hatte.

Nur noch ein kleines Stück, vielleicht dreißig Meter, dann waren sie am Zaun.

Rund um sie zischte es. Erschrocken blieben sie stehen und sahen sich um.

Was war das?

Schlangen?

Aus dem Rasen schossen kurze Metallstäbe, aus denen Wasserfontänen spritzten. Die vier Freunde waren von Wassermassen umgeben, die sie total einnebelten. Sie sahen nur noch weiße, nasse Vorhänge rund um sich.

Innerhalb von Sekunden waren sie durch und durch nass und die Kleider klebten an ihren Körpern.

Die Sprühanlage war so stark eingestellt, dass es richtig wehtat, wenn ein Wasserstrahl traf. Die Bande hatte das Gefühl, von allen Seiten geknüppelt zu werden.

Das Schlimmste war, dass sie die Orientierung verloren hatten. Sie wussten nicht mehr, in welche Richtung sie gehen mussten, und sehen konnten sie in dem dichten Sprühregen auch nichts.

Jemand packte Axels Hand und zog ihn weiter. Einer seiner Freunde schien also zu wissen, wo es langging. Blindlings stolperte der Junge hinterher.

Sie traten aus dem Bereich der Gartenbewässerungsanlage. Axel wischte sich über die Augen.

„Lass mich los, was soll das!“, brummte er, weil sich der Griff um sein Handgelenk nicht lockerte.

Als er aufblickte, sah er in das grimmige Gesicht von Winni Wintrop.

# DER JAMMERLAPPEN

So schnell, wie sich die Anlage in Gang gesetzt hatte, schaltete sie sich auch wieder ab. Die Rasensprenger versanken im Boden und der künstliche Regen war vorbei.

Lilo, Poppi und Dominik standen am Zaun und sahen sich suchend nach Axel um.

„Wenn ihr wollt, dass eurem Freund nichts geschieht, dann kommt zurück!“, schrie Winni. Er zerrte Axel ins Licht, um zu beweisen, dass er ihn in seiner Gewalt hatte.

Lilo senkte die Augen und atmete tief durch. Oh nein, so etwas Dummes! Dabei wären sie schon fast draußen gewesen!

Es blieb ihnen nichts anderes übrig, als zum Eingang der Villa zurückzugehen. Winni hatte Axel den Arm auf dem Rücken verdreht, und es war ihm anzusehen, dass er jederzeit bereit war fester zuzudrücken.

Mit hängenden Köpfen schlichen die anderen drei in das Haus.

„Auf den Boden setzen!", befahl Winni.

Er stieß die Tür mit dem Fuß zu und behielt Axel als Geisel.

„Raus mit der Sprache, für wen arbeitet ihr? Was habt ihr hier zu suchen?"

Lieselotte warf Axel einen fragenden Blick zu. Sollten sie Wintrop Junior alles verraten?

Axel zuckte die Achseln.

„Was soll das Theater? Wieso redet ihr nicht?", schnauzte er sie an.

„Also … das mit Ihrem Vater tut uns Leid!", begann Lieselotte.

Winni schluckte ein paarmal. Unterdrückte er Tränen oder war es nur seine Aufregung?

„Sagen Sie, hat Ihr Vater kurz vor seinem Tod vielleicht Besuch erwartet? Wissen Sie etwas davon?", wagte sich Lilo weiter vor.

Winni runzelte die Stirn. „Äh … nein, wieso willst du das wissen?"

Lilo entschied sich für die Wahrheit. Schließlich war Winni Wintrop der Sohn des alten Wintrop.

Außerdem würden sie aus der Villa nur rauskommen, wenn er sie wegließ.

„Los, erzähl ihm alles!“, forderte Lieselotte Axel auf.

Winni stieß ihn zu den anderen und blickte mit verschränkten Armen auf ihn herab.

Stockend berichtete Axel von dem schrecklichen Abend, dem Geständnis, den „Opfern“ und den blauen Katzen.

Winni verfolgte den Bericht mit immer größerem Erstaunen und die Wut verschwand aus seinem Gesicht.

„Haben Sie eine Ahnung, was er damit gemeint haben könnte?“, fragte Lieselotte mutig.

Winni wirkte sehr betroffen. Er hatte von all dem nichts gewusst. Langsam schüttelte er den Kopf. „Nein, mir ist das alles unerklärlich. Ich … mein Vater und ich … wir haben uns nie sehr gut verstanden. Ich wollte außerdem nicht ständig nur der Sohn des großen, berühmten, mächtigen, reichen, erfolgreichen, beliebten und angesehenen Mister Winfried Wintrop sein. Deshalb habe ich auch nicht in seinem Unternehmen gearbeitet, sondern meine eigene Firma gegründet. Wintrop-Drinks. Die coolen Drinks mit dem Geschmack von wilden Früchten. Ihr habt bestimmt schon davon gehört?“

Erwartungsvoll blickte er die vier an. Axel, Lilo, Poppi und Dominik verzogen ratlos die Gesichter.

Winnis Enttäuschung war groß. Er seufzte mehrere Male und sagte dann: „Natürlich kennt ihr die Drinks nicht. Keiner kennt sie. Jeder kennt nur Wintrop-Eis. Ich habe Daddy nie zeigen können, dass ich *kein* Versager bin. Weil ich nämlich einer *bin*. Ein jämmerlicher Versager. Ein Jammerlappen der schlimmsten Sorte."

Winnis Schultern hingen herab, als hätte ihn jemand geprügelt. Er sah nur noch wie ein Häuflein Elend aus und wischte sich ständig über das Gesicht.

Er tat der Knickerbocker-Bande fast ein wenig Leid.

„Derjenige, dem Ihr Vater das Geheimnis anvertrauen wollte, ist gestern mit einem roten Sportwagen gekommen. Können Sie sich denken, wer das war?", wagte Lilo noch einen Vorstoß.

Winni Wintrop schüttelte den Kopf. „Keine Ahnung."

„Was könnte Ihr Vater angestellt haben?", wollte Dominik wissen.

Die Knickerbocker nützten die Gelegenheit, um möglichst viel herausfinden. Ihre Neugier war wie immer groß. Sie konnten nicht einfach aufgeben und dann vielleicht nie erfahren, was hier los war.

„Dad hat nichts angestellt, bestimmt nicht. Ich habe keine Ahnung, was er gemeint haben könnte."

„Wüssten Sie es gerne?", fragte Lilo.

Winni nickte. „Ja, schon, aber ich fürchte, er hat sein Geheimnis mit ins Grab genommen", murmelte er.

„Es gibt jemanden, der mit der Botschaft etwas anfangen kann", meinte Lilo. „Diesen großen Unbekannten müssen wir finden. Wenn Sie uns lassen, versuchen wir, den Fall für Sie zu lösen. Wir sind darin echt gut!"

Zum Beweis zählten die Junior-Detektive einige der Fälle auf, die sie schon erfolgreich gelöst hatten.

Winni zögerte.

„He, waren Sie eigentlich schon die ganze Zeit im Haus?", fragte Axel.

„Nein, ich bin gerade gekommen und habe Geräusche in der Küche gehört!", antwortete Winni.

Lilo winkte ihn nahe heran und sagte: „Wir glauben, dass sich irgendwer im Haus versteckt. Es waren da Augen hinter dem Bild und der Hund ist plötzlich ins Haus gelaufen."

Winni Wintrop lachte schallend. „Hier ist bestimmt niemand. Daddy war der größte Einzelgänger aller Zeiten. Das mit dem Hund war bestimmt auch nur einer seiner automatischen Tricks."

„Was ist? Sollen wir ein bisschen für Sie forschen? Wir kriegen da bestimmt was heraus!", versprach Lieselotte.

Über Winnis Jungengesicht huschte ein spitzbübisches Lächeln. „Auch wenn ich mir das nicht ganz vorstellen kann, sage ich ja!"

Er brachte die Bande ins Hotel zurück, und sie verabredeten sich für den nächsten Tag um 15 Uhr.

In dieser Nacht konnte Lieselotte lange nicht einschlafen. Sie war total aufgewühlt, und in ihrem Kopf rasten die Gedanken und Ideen.

Der Fall erschien ihr wie ein Puzzlespiel, bei dem sie erst einige Teile in die Hand bekommen hatten. Es waren aber lauter Teile, die gar nicht zusammenpassten und in verschiedene Ecken des ganzen Bildes gehörten.

Am nächsten Morgen verschlief die Bande abermals. Lucinda weckte sie durch heftiges Klopfen.

Der arme Dominik stellte sich samt Schlafanzug unter die kalte Dusche, um einigermaßen wach zu werden. Ihm fehlten mehrere Stunden Schlaf. Bestimmt würde der Regisseur im Theater sauer sein, weil er wieder so müde war.

„Ihr bleibt auf euren Zimmern und wagt euch ja nicht hinaus!", zischte Lucinda.

„Nichts lieber als das!“, gähnte Lieselotte.

Die beiden Mädchen und Axel dösten noch eine Weile vor sich hin und ließen sich dann das Frühstück aufs Zimmer bringen.

Während sie die verschiedenen Köstlichkeiten in sich hineinschaufelten, blätterten sie in den bunten Heften über Las Vegas, die in jedem Zimmer lagen. Es war die Stadt der Rekorde. Vor kurzem erst war die höchste Achterbahn der Welt eröffnet worden. Sie befand sich auf der Spitze eines 130 Meter hohen Turmes. Axel wollte unbedingt damit fahren.

Poppi wünschte sich, die weißen Tiger zu sehen.

Lieselotte bekam Lust auf den künstlichen Vulkanausbruch, der siebenmal am Tag vor ihrem Hotel stattfand. Nur ein paar Schritte weiter, vor dem Hotel „Schatzinsel“, gab es fünfmal am Tag eine Piratenshow, bei der sich zwei Schiffe eine Wasserschlacht lieferten und eines in Flammen aufging und das andere versank.

Plötzlich aber entdeckte Lieselotte noch etwas. Sie fuhr in die Höhe und wedelte den anderen mit dem Heft vor der Nase herum.

„Das … das müsst ihr lesen!“, rief sie aufgeregt.

# RÄTSELHAFTER TOD

Lilo hatte einen Bericht über das Spukhaus der berühmten Klavierspielerin Allegretta aufgeschlagen. Es waren viele Bilder des voll gestopften Hauses zu sehen. Lilo tippte wild mit dem Finger auf ein besonders kleines, unter dem stand: „Allegretta sammelte alles, was mit Katzen zu tun hat. Ihre Sammlung umfasst über 1000 Objekte."

„Diese blauen Katzen sind vielleicht gar keine echten Tiere, sondern Statuen", kombinierte Axel. „Mister Wintrop könnte irgendetwas Wichtiges darin versteckt haben. Guter Trick, geheime Informationen bei der Nachbarin zu verstecken."

Die Bande wollte nicht warten, bis Winni sie abholen kam. Auf Lucindas schlechte Laune hatten sie schon gar keine Lust.

Also machten sie sich schnell fertig und verschwanden wieder heimlich aus dem Hotel.

Sie kicherten, als sie daran dachten, wie Lucinda toben würde, wenn sie erst die leeren Zimmer bemerkte.

Lieselotte hatte Archie angerufen und gebeten, sie abzuholen. Er sollte vor dem Spukhaus auf sie warten. Vielleicht mussten sie schnell wieder verschwinden.

Allegrettas Haus war ein Traum in Rosarot und sah wie mit Schlagsahne verziert aus.

Das Haus war aus Holz gebaut und sah wie ein besonders kitschiges Puppenhaus aus. Die Wände waren alle pink und mit weißen Balken eingefasst. Auch die gezimmerte Veranda, die Fensterläden, die Fensterrahmen und die Türen waren weiß.

Unheimlich war das Gebäude aber auch bei Tag. Die Farben waren nämlich nicht strahlend und frisch, sondern matt und trüb, als hätte jemand einen Eimer mit grauem Wasser darüber geschüttet.

Außer den drei Knickerbocker-Freunden standen noch ein sehr verliebtes Pärchen aus Frankreich und vier ziemlich dicke Amerikanerinnen vor dem Eingangstor.

Ein kleines Schild verriet, dass die nächste Führung in wenigen Minuten beginnen würde.

Pünktlich öffnete sich die Tür, und eine füllige alte Dame in in einem langen grau-rosa Kleid und Spitzenhäubchen winkte die Gäste herein.

Eiskalte Luft schlug den Besuchern entgegen. Die Klimaanlage des Hauses musste auf Kühlschranktemperatur gestellt worden sein.

Die alte Dame stellte sich als Sophia vor. Ihr Gesicht war wie die Fassade des Hauses und ihres Kleides grau-rosa. Sophias Miene war etwas hochnäsig, aber vor allem melancholisch, traurig und weinerlich. Irgendwie passend zur Stimmung des Hauses.

„Riecht ihr das?“, fragte Lieselotte.

Poppi und Axel nickten. In dem Haus roch es nach Mottenkugeln, Moder, feuchtem Stein und verschimmeltem Stoff.

„Willkommen im Heim der großen, unvergesslichen Allegretta“, begrüßte die Frau in den altmodischen Kleidern die Besucher. „Bitte, bleiben Sie während der gesamten Führung beisammen und berühren Sie nichts.“

Nachdem sie das saftige Eintrittsgeld kassiert hatte, zeigte sie auf ein Ölgemälde von Allegretta, das in einem schweren Goldrahmen an der Wand hing. Darauf war Allegretta in einem langen, wallenden, gelben Kleid dargestellt. Sie trug eine Pelzschleppe, die so viel wie drei Autos gekostet haben musste, und um ihren Hals hing eine Kette aus Gold mit einem Diamanten, der ungefähr so groß wie ein Fußball war.

„Allegretta hat die Menschen nicht nur mit ihrem unvergleichlichen Klavierspiel, sondern auch mit ihren ausgefallenen Kleidern und Schmuckstücken erstaunt und erfreut!", näselte die grau-rosa Führerin in einem weinerlichen Singsang.

„Vor einem Jahr verstummte ihr Spiel für immer. Gemäß ihrem Wunsch wurde ihr Haus als Museum all ihren Fans zugänglich gemacht."

„Woran ist sie gestorben?", flüsterte Poppi Lilo zu. Die Antwort kam in diesem Augenblick von der traurigen alten Dame.

„Das Rätsel um Allegrettas Tod ist bis heute nicht geklärt. Nach ihrem letzten Konzert, am 4. Juli vor einem Jahr, wurde sie von ihrem Chauffeur Albert in ihrem schneeweißen Rolls-Royce nach Hause gefahren", berichtete die Frau. „Unterwegs tauchten auf der Straße zwei grelle, weiße Lichter auf. Albert beschreibt sie als riesige Katzenaugen. Er ist sicher, dass eine Verwechslung mit Autoscheinwerfern unmöglich ist. Dafür waren die Augen zu hoch über dem Boden. Die Augen blieben ungefähr zehn Meter vor dem Wagen von Allegretta stehen und schienen den Rolls zu beobachten. Als sie nicht auswichen, stieg Albert aus. Er ging auf das Licht zu und kann sich an einen grellen Blitz erinnern, in den sich die Augen verwandelten.

Geblendet tastete er sich zum Wagen zurück. Als er wieder sehen konnte, machte er die schreckliche Entdeckung: Allegretta war vom Rücksitz verschwunden. Dort lagen nur noch ihre weiße Hermelinstola und ein besonders teurer Ring, der die Form eines kleinen Klaviers hatte.

Die Polizei, die er sofort über das Autotelefon rief, konnte keine Spuren entdecken. Allegretta war aus dem Wagen verschwunden. Spurlos. Fest steht nur, dass sie nicht entführt wurde, da niemals eine Lösegeldforderung einging.

Es ist auch auszuschließen, dass Allegretta ausgestiegen und weggegangen ist. Albert hatte keine Autotür gehört.

Noch in derselben Nacht senkte sich die Traurigkeit über dieses Haus. Alle Lichter erloschen in genau der Minute, in der uns die große Künstlerin für immer verlassen hatte.

Ihr toter Körper wurde bis heute nicht gefunden. Es besteht aber kein Zweifel, dass sie von uns gegangen ist.

In der Nacht nach ihrem Verschwinden erschien sie mir in diesem Haus. Sie tröstete mich und sagte immer wieder: Trauert nicht um mich. Ich werde immer bei euch sein.

Ich sprach mit Allegrettas Geist, einer Erscheinung aus Luft und Licht.

Gemäß dem Wunsch in ihrem Testament habe ich das Haus dem Publikum geöffnet. An manchen Abenden erscheint Allegretta und spielt sogar auf ihrem Lieblingsklavier. So wunderschön, so voll Gefühl, wie sie es immer getan hat."

Tränen rannen über das graue-rosa Gesicht der alten Frau, die Allegrettas Haushälterin und Zofe gewesen sein musste.

Sie tupfte sich die Augen mit einem Spitzentaschentuch ab und ging würdevoll voran. Schweigend folgten die Amerikanerinnen und das französische Liebespaar.

„Aber wohin soll sie verschwunden sein?", flüsterte Axel Lilo zu.

Das Superhirn zuckte mit den Schultern. Allegrettas Verschwinden klang wie die Entführung durch ein UFO oder eine Riesenkatze. Aber daran glaubte Lilo nun wirklich nicht.

Das Haus war voll gestopft mit Plüschmöbeln, Klavieren, auf denen schon Mozart gespielt haben sollte, und Schränken, in denen die wertvollen Roben der großen Künstlerin ausgestellt waren.

Lieselotte fiel auf, dass Sophia sehr vorsichtig war. Sie schloss jeden Raum, den sie verließen, mit einem eigenen Schlüssel ab und sperrte erst dann den nächsten auf.

Schließlich betraten sie ein Zimmer, in dem auf allen Tischen, Hockern, Regalen, Simsen und Nischen Katzen standen.

Katzen aus Porzellan, Katzen aus Holz, Katzen aus Metall, Katzen aus Plüsch, Katzen aus Stoff, Katzen aus Blättern, Katzen aus Papier, große Katzen, kleine Katzen, getigerte, gestreifte, gefleckte und einfarbige Katzen.

„Entschuldigung, aber hatte Allegretta vielleicht auch blaue Katzen in ihrer Sammlung?", fragte Lieselotte. Sie tat das ganz beiläufig, als würden blaue Katzen zu jeder guten Sammlung gehören.

Die ehemalige Haushälterin Sophia drehte sich zu ihr und in ihrem Gesicht stand Überraschung.

„Woher weißt du das?", fragte sie, wobei ihre Stimme fast ein wenig scharf klang.

„Weiß ich was?" Lilo hob erstaunt die Augenbrauen.

„Das mit den blauen Katzen? Es steht nirgendwo, und außer mir und Albert, der auch hier arbeitet, weiß niemand davon."

„Wovon?" Lieselotte verstand gar nichts mehr.

Sophia ging mit kleinen, würdevollen Schritten auf einen weißen Schrank mit Goldverzierungen zu und öffnete die beiden Türchen.

Die drei Junior-Detektive schnappten hörbar nach Luft.

# 13 BLAUE KATZEN

In dem Schrank standen 13 blaue Katzen. Sie wirkten ungeheuer lebendig und jede nahm eine andere Pose ein. Eine schien zu fauchen, eine machte einen Buckel, eine andere schlummerte eingerollt und wieder eine andere putzte sich.

Die Amerikanerinnen fanden die Katzenfiguren süß, das französische Liebespaar sah sie nicht, da es heftig knutschte.

„Ist an den Katzen etwas … Besonderes dran?“, fragte Lilo vorsichtig. Als sie spürte, wie Sophia zusammenzuckte, fügte sie hastig hinzu: „Na ja, weil sie in einem Schrank aufbewahrt werden und weil Sie vorhin so erstaunt waren, dass ich nach ihnen gefragt habe.“

Sophia schien mit sich zu kämpfen, ob sie die

Wahrheit sagen sollte. Schließlich kam sie ganz nahe zu Lilo und flüsterte: „Die Katzen hat Allegretta nicht selbst gesammelt. Ich meine, nicht in ihrem Leben. Am Tag nach ihrem Verschwinden erschien die erste Katze im Schrank. Seither kommt jeden Monat an ihrem Todestag eine neue dazu."

„Was?" Axel dachte, er hätte sich verhört.

Lilo streckte die Hände nach einer Katzenfigur aus, aber Sophia schlug ihr tadelnd auf die Finger.

„Nicht berühren, das ist streng verboten! Nicht auszudenken, wenn du die Katze fallen lässt. Zerbricht eine, findet Allegretta am Ende niemals Ruhe."

Die Haushälterin scheuchte die Knickerbocker und die anderen Gäste in den nächsten Raum und sperrte demonstrativ die Zimmertür ab. Sie ließ den Schlüssel in der Tasche ihrer weißen Schürze verschwinden und setzte die Führung fort.

Lilo warf einen sehnsüchtigen Blick zur Tür. So

nahe waren sie an den blauen Katzen gewesen, und nun konnte sie die Figuren nicht genauer unter die Lupe nehmen.

Plötzlich fiel ihr eine grüne Leuchte auf, die so gar nicht zur übrigen Einrichtung des Zimmers passte. Unter ihr entdeckte das Superhirn eine Tapetentür, die geschickt versteckt war. Es musste sich um einen Notausgang handeln.

Als die Gruppe den Raum verließ, um endlich Allegrettas weißes Lieblingsklavier zu besichtigen, huschte Lieselotte zu der Tapetentür und öffnete sie. Sie führte in ein kahles, graues Treppenhaus, das an die Hinterseite des Hauses angebaut worden war.

Dem Superhirn der Bande war in dem Zimmer mit den tausenden Nippesfiguren eine ähnliche Tür aufgefallen und Lilo hoffte, dass diese nicht abgeschlossen war.

Auf Zehenspitzen huschte sie durch einen kalten, düsteren Gang zur nächsten Tür. Ihren Schätzungen nach musste sie in das Nippeszimmer führen.

Lilo hätte am liebsten einen Freudenschrei ausgestoßen. Auch dieser Notausgang war offen.

„Muss er ja sein, sonst wäre er kein Notausgang!", dachte Lieselotte und schlüpfte in das voll gestopfte Zimmer. Sie huschte auf Zehenspitzen zu dem weißen Schrank mit den goldenen Schnörkeln und öffnete die Türchen.

Fassungslos taumelte sie zurück.

Das war nicht möglich.

Sie rieb sich die Augen und hoffte, sich getäuscht zu haben.

Nein, es war keine Einbildung.

Die 13 blauen Katzen waren verschwunden.

Weg!

Lilo wurde schwindlig. Tausend Gedanken wirbelten in ihrem Kopf herum.

Sie drehte sich im Kreis und sah sich um. Vielleicht standen die blauen Katzen jetzt irgendwo anders. Dabei fiel Lilos Blick auf etwas, das sie stutzig machte. Es handelte sich um einen kleinen Hocker, der mit weißer Seide bezogen war. Sie ging näher und streckte die Hand nach dem Regal aus, das hinter dem Hocker stand.

„Da bist du! Wie bist du hier hereingekommen?“ Sophia hatte die Tür wieder aufgeschlossen und stand wie ein Racheengel vor Lilo. Sie stemmte die Hände in die rundlichen Hüften und schob energisch die Lippen vor.

„Auf der Stelle machst du, dass du hier rauskommst. Ich habe dir gesagt, du hast hier nichts zu suchen. Außerdem …“, Sophias Blick fiel auf den leeren Schrank. Sie sah zu Lilo, zurück zum Schrank und wieder zu Lilo.

„Wo sind … die blauen Katzen?“, fragte sie mit heiserer Stimme.

„Ich habe sie nicht. Sie waren nicht mehr da, als ich gekommen bin!“, beteuerte Lieselotte.

Sophia ging wie eine Schlafwandlerin zu dem Schrank und ließ ihre Hände über das leere Innere gleiten.

„Aber … aber … sie waren ein Zeichen, das mir Allegretta gegeben hat. Wieso hat sie die Katzen wieder mitgenommen?“

„Sie können nicht von Allegretta sein. Allegretta ist doch tot!“, sagte Lilo leise.

„Was weißt du schon?“, brauste Sophia auf. Sie fand ihr Taschentuch nicht und verwendete daher ihre Schürze, um sich die Tränen wegzuwischen. „Raus jetzt!“, sagte sie energisch.

Den Rest der Führung durch das Haus legte sie im Rekordtempo zurück. Es war zu spüren, dass sie die Knickerbocker so schnell wie möglich loswerden wollte.

„Lieselotte, was ist?“, erkundigte sich Poppi, die das nachdenkliche Gesicht ihrer Freundin sah.

Superhirn Lilo knetete ihre Nasenspitze, dass es fast schon wehtat, und seufzte mehrere Male.

„Ich ... ich denk die ganze Zeit nach, wie 13 blaue Katzenfiguren aus einem verschlossenen Zimmer verschwinden können", sagte sie.

„Durch die Feuertür, durch die auch du gekommen bist", meinte Axel lässig. Für ihn war die Sache sonnenklar.

Lieselotte verzog das Gesicht. „Kleiner Klugscheißer, halt die Klappe, wenn du keine Ahnung hast."

Axel ballte die Fäuste. „Klugscheißer, von mir aus, aber nicht kleiner, kapiert?", zischte er gereizt.

Lilo hatte ihn bewusst ärgern wollen und grinste verschmitzt, weil er darauf hereingefallen war. „Ich habe die Feuertür gar nicht benützt. Es ist nämlich eine Tapetentür, also eine Tür, über die die Tapete einfach drübergeklebt wurde. Die Türöffnung ist nicht sehr sorgfältig ausgeschnitten worden. Ich habe genau gehört, dass die letzten Stückchen und Ecken gerissen sind, als ich die Tür aufgemacht habe. Durch diese Tür ist außer mir noch nie jemand gegangen. Aber durch die Fenster ist auch niemand gekommen, weil sie vergittert sind." Lilo legte eine kurze Pause ein und murmelte dann: „Ich habe da einen Verdacht, aber er kommt mir so blöd vor. Vor allem verstehe ich den Grund nicht."

Mehr wollte das Superhirn nicht verraten. Es kündigte nur einen neuerlichen Nachtausflug an.

„Wenn das so weitergeht, sehe ich bald wie meine Urgroßmutter aus. Ich brauche meinen Schönheitsschlaf!", stöhnte Axel.

„Bei dir hilft kein Schönheitsschlaf, höchstens ein Helm ohne Öffnung!", knurrte Lilo.

Am frühen Nachmittag kam Dominik aus der Probe zurück. Er war total geschafft. Mindestens siebzigmal hatte er seinen Auftritt proben müssen. Siebzigmal jodeln, siebzigmal so stehen, dass die Roboterhand des Bühnenriesen ihn auch wirklich packen konnte, siebzigmal etwas streng Geheimes tun (das war nämlich der Trick, den er nicht einmal seinen Freunden verraten durfte), und siebzigmal dann wieder aus einem Feuerball auftauchen und jodeln.

„Meine Zunge fühlt sich an, als würde sie demnächst aus dem Mund fallen", beschwerte er sich.

Winni Wintrop holte sie mit einer Art Minibus ab. Dominik streckte sich auf der hintersten Bank aus und schlief sofort ein.

„Sag, hat dein Vater Allegretta gekannt? Schließlich war sie doch seine Nachbarin!", fragte Lilo vorsichtig.

Winni lachte auf. „Wer hat die verrückte Allegretta nicht gekannt? Ihre Fernsehshow war hier in

den USA ein Hit. Sie ist übrigens einmal mit einem Fallschirm abgesprungen und hat sich ein Klavier an mehreren Fallschirmen hinterher werfen lassen. Stellt euch vor, sie hat tatsächlich in der Luft darauf gespielt! Allegretta ist heil gelandet, beim Klavier sind allerdings drei Beine abgebrochen!“

Der Teil der Bande, der wach war, lachte.

„Dein Vater hat von 13 Opfern und blauen Katzen geredet, als Axel bei ihm war. Wir haben in Allegrettas Haus 13 blaue Katzenfiguren entdeckt!“, berichtete Lieselotte.

Winni verwechselte vor Überraschung die Pedale, trat statt auf die Bremse auf das Gas und knallte in den Wagen, der vor ihnen an der Kreuzung gehalten hatte.

Nachdem die Fahrer sich geeignet hatten, konnte die Fahrt fortgesetzt werden.

„Und ... was ist mit den Katzen? Habt ihr irgendeinen Hinweis gefunden, der wichtig sein könnte?“, bohrte Winni.

„Die Katzen sind verschwunden, bevor wir sie uns ansehen konnten!“, berichtete Lieselotte, die sich wie eine Versagerin fühlte.

„Ich kann nicht glauben, dass es da einen Zusammenhang gibt“, meinte Winni. „Mein Vater hat Allegretta gehasst und sie immer eine ‚überdrehte klimpernde Klaviergämse‘ genannt.“

„Gibt es eigentlich kein Begräbnis für deinen Vater?“, fragte Lilo mit gesenkter Stimme.

„Es hat schon gestern stattgefunden“, erklärte Winni. „Im Garten befindet sich eine Gruft, in der der Sarg beigesetzt wurde. Meine Mutter lebt schon lange nicht mehr. Ich bin Vaters einziger noch lebender Verwandter."

Es trat für ein paar Minuten Stille im Wagen ein.

Dann erreichten sie die Zufahrt zur Wintrop-Villa. Winni zog eine komplizierte Fernsteuerung heraus und begann auf verschiedene Tasten zu drücken.

„Ich kenn mich mit dem Ding noch immer nicht aus", stöhnte er.

Lämpchen blinkten und auf einer Anzeige flimmerten verschiedene Zahlen. Endlich, nach mindestens zehn Versuchen, öffnete sich das Tor.

Als sie vor dem Haus ankamen, schluckte Lilo. Die dunklen Fenster in den hellen Mauern sahen wie glotzende Augen aus. Es schien, als würde ihnen das Haus gespannt entgegenblicken.

Die Haustür stand offen und Winni trat ein. Die Junior-Detektive folgten ihm. Nur Dominik schlief noch immer im Wagen und war nicht wach zu kriegen.

„Das gibt es doch nicht!", stieß Lilo hervor, als sie sah, was in der Mitte der Halle stand.

# DIE GEISTERKATZE SCHLÄGT WIEDER ZU

Da waren sie wieder. Die 13 blauen Katzen.

Jemand hatte sie in der Mitte des Raumes kunstvoll auf dem Teppich aufgebaut. Erwartungsvoll blickten sie die Eintretenden mit ihren kupferfarbenen Augen an.

„Wie kommen die hier rein?“, flüsterte Axel.

Winni zuckte hilflos die Achseln. „Das Haus war abgeschlossen. Abschließen kann ich nämlich. Dazu muss ich nur einen einzigen Knopf drücken und alles ist verriegelt.“

Allmählich begannen die Junior-Detektive wirklich an Geister zu glauben. Die blauen Katzen verschwanden aus verschlossenen Räumen und tauchten in verschlossenen Häusern wieder auf. Wie war das möglich?

Im Garten ertönte ein gellender Schrei. Er kam von einem Mann, der wahrscheinlich überfallen worden war. Es hörte sich an, als würde er gewürgt.

Die drei Knickerbocker und Winni stürzten ins Freie und lauschten. Die Stimme kam von hinter dem Haus. So schnell sie konnten, rannten sie los. Axel allen anderen voran.

Der Schrei war auch in Dominiks Träume gedrungen und er erwachte. Da die Klimaanlage abgestellt war, hatte die Sonne das Innere des Wagens in einen Backofen verwandelt. Schwitzend kroch Dominik ins Freie und taumelte auf die offene Haustür zu.

Die Sonne stand direkt über dem Haus und strahlte ihm genau in die Augen. Dominik hielt sich schützend die Hand vors Gesicht, aber es nützte nicht viel.

Er torkelte ins Haus, in dem das übliche Halbdunkel herrschte.

Doch da war auch ein Licht. Ein grelles Licht. Nein, sogar zwei grelle Lichter, wie die Augen einer Katze, die in einer hinteren Ecke hockte.

Die glühenden Augen glotzten ihn an.

„Hallo! Lilo, Axel, Poppi? Seid ihr da?“, rief Dominik.

Die Augen setzten sich lautlos in Bewegung und

kamen mit großen Sprüngen auf ihn zu. Dominik hörte ein lautes, wütendes Fauchen und Knurren.

Er wollte hinaus, aber er fand den Ausgang einfach nicht. Als er sich umdrehte, tanzten vor seinen Augen lauter Lichtkugeln. Ganz egal ob er die Augen schloss oder weit aufriss, er sah immer nur weiße Kreise.

Verzweifelt drehte er sich um sich selbst und verlor dabei völlig die Orientierung. Er stolperte und stürzte schließlich auf etwas Hartes, das sich in seinen Bauch bohrte.

Rund um ihn zischte es immer heftiger. Das Fauchen war jetzt direkt neben seinem Ohr. Er konnte sogar den feuchten Atem der Monsterkatze spüren.

„Nicht, lass mich!“, brüllte er. „Verschwinde!“

Dominik versuchte den Kopf mit den Armen zu schützen. Die Monsterkatze griff nicht an, bewegte sich aber neben ihm. Als er den Kopf in ihre Richtung drehte, fauchte sie sofort wieder und die glühenden Augen tauchten wenige Zentimeter neben seinem Gesicht auf.

Von nun an wagte Dominik keine Bewegung mehr. Wie versteinert blieb er liegen und hoffte, dass der Spuk bald vorbei sein würde.

Nach einem letzten lauten Fauchen kehrte wieder Stille ein.

Sekunden verstrichen, in denen Dominik kaum zu atmen wagte.

„He, was machst du da? Wieso schläfst du jetzt hier auf dem Boden?", fragte ihn eine bekannte Stimme.

Der Knickerbocker hob den Kopf und sah seine Freunde und Winni neben sich stehen.

Aufgeregt berichtete Dominik von der unheimlichen Begegnung.

Lilo, Poppi und Axel schluckten heftig. Was ihr Freund erzählte, klang wie die Geschichte vom Verschwinden von Allegretta. Dabei konnte Dominik das nicht wissen, da er im Spukhaus der Klavierspielerin nicht dabei gewesen war.

„Die Katzen!", schrie Poppi aufgeregt.

Die blauen Katzen waren wieder verschwunden.

Spurlos wie die „Monsterkatze".

Axel zog Dominik in die Höhe und deutete auf den Boden. „Es ist noch eine da. Dominik hat drauf gelegen."

Lieselotte schnappte sich die Kunststoffigur und betrachtete sie von allen Seiten. Die anderen drängten sich dicht an sie, um auch etwas zu sehen.

Die Katze saß auf den Hinterbeinen und hatte die Vorderpfoten drohend ausgestreckt. Ihre Krallen waren ausgefahren, die Augen zu schmalen Schlitzen verengt und das Maul zu einem wütenden Fauchen verzerrt.

So ähnlich stellte sich Dominik das Tier vor, das ihn gerade bedroht hatte, nur größer.

Zwischen den Lippen und den Zähnen entdeckte Lieselotte einen schmalen Schlitz, fast wie bei einer Spardose.

Sie schüttelte die Katze, die stabil, aber nicht sehr schwer war, und hörte in ihrem Inneren ein Geräusch.

Es musste sich um einen nicht sehr harten, leichten Gegenstand handeln.

„Sollen wir sie zerschlagen?", fragte sie Winni.

Der Mann mit dem Gesicht eines Jungen wehrte entsetzt ab.

„Nein, um Himmels willen!"

„Aber es ist etwas drin, das wir rauskriegen müssen!", meinte Lieselotte. Sie bat Axel um sein Taschenmesser und wollte etwas anderes versuchen.

Vorsichtig schnitt sie den Boden der Figur auf. Das Material war ungefähr so hart und zäh wie Plastik, ließ sich aber gut schneiden.

Aus der Katze fiel ein zusammengefalteter Zettel. Axel kam Winni zuvor und griff sofort danach. Er faltete den Zettel auseinander und hob erstaunt die Augenbrauen. Laut las er vor: „Jonathan Anastasi,

New York – durchgestrichen. Darunter ein zweiter Name: Gordon Mitchel, Las Vegas, 9566 Sunset Drive."

„Das ist alles?", fragte Lilo enttäuscht.

Die vier Junior-Detektive blickten Winni fragend an. Wusste er, was das zu bedeuten hatte?

Wintrop junior nahm den Zettel an sich und las die beiden Namen immer wieder. Er schluckte dabei heftig, als würde er die Leute kennen. Überhaupt schien er geschockt zu sein.

„Ich ... ich bringe euch jetzt nach Hause!", sagte er schließlich und wischte sich mit dem Jackenärmel den Schweiß von der Stirn. Wieder glitzerten auch Schweißperlen unter seiner Nase und sein Gesicht war übersäht von roten Flecken. Er schien sich stark aufzuregen.

„Aber diese komische Katze ... wir müssen doch nach ihr suchen", meinte Poppi.

„Ich bringe euch zurück!", schnauzte Winni sie an, entschuldigte sich aber sofort für den harten Tonfall.

Er scheuchte die vier in seinen Wagen. Im Rekordtempo brachte er sie zum Hotel zurück und verabschiedete sich hastig.

„He, wir sollten dir doch helfen!", gab Lilo zu bedenken.

„Ihr seid Kinder und habt keine Ahnung, was auf der Welt alles los ist!“, gab Winni als Antwort.

Grußlos fuhr er davon.

Die Junior-Detektive blickten einander ratlos an. Was war nur in ihn gefahren? Wieso hatten ihn die Namen so erschreckt.

„He Leute, wie geht es euch?“, rief ihnen jemand zu. „Habt ihr neuerdings einen besseren Fahrer als mich? Ich lasse mir nicht gern in meine Geschäfte pfuschen.“

Archie kam zu ihnen geschlendert, wie immer in Trainingsanzug, mit Sonnenbrille, Zigarre und Baseballkappe.

„Du kommst wie gerufen!“, sagte Lieselotte. „Bitte, bring uns zum … äh, wie war die Adresse?“

Axel und Poppi zuckten mit den Schultern. Sie hatten sich weder den Namen noch die Straße gemerkt.

„Gordon Mitchel, 9566 Sunset Drive“, murmelte Dominik wie im Schlaf. Was er einmal las oder hörte, merkte er sich wie ein Computer. Auch wenn er total müde war.

„Klasse!“, lobte ihn Axel.

Die Knickerbocker-Bande spürte die Aufregung, die sich breit machte. Vielleicht erfuhren sie jetzt etwas über Mister Wintrops „Opfer“.

# VERWECHSLUNGSGEFAHR

„Passt auf, ich hole noch meine Kamera runter", sagte Dominik. Er besaß seit kurzem eine Digitalkamera. Dominik hatte sogar einen kleinen Farbdrucker dabei, mit dem er die Bilder gleich drucken konnte.

„Ich will auch schnell aufs Zimmer und mir eine kurze Hose anziehen", entschied Axel, dem seine Jeans zu warm geworden war.

Die Mädchen mussten auf die Toilette, sodass Archie sich ein paar Minuten gedulden musste.

Die vier Freunde unterhielten sich aufgeregt, als sie aus dem Lift traten und um die Ecke in den Gang zu ihren Zimmern bogen.

„He, können Sie nicht aufpassen!", rief jemand empört. Es war Lucinda!

Sie war im gleichen Augenblick aus dem Gang getreten und mit den Knickerbockern zusammengeprallt.

Unglücklicherweise hatte sie einen Becher Kaffee in der Hand gehalten, den sie sich nun über ihr weißes T-Shirt geschüttet hatte.

Sie hielt es von der Haut weg, da der Kaffee heiß war, und schimpfte lautstark vor sich hin. Ihr Zorn auf die vier Junior-Detektive war jetzt doppelt groß.

Flucht war unmöglich. Lucinda begleitete die Knickerbocker zu ihren Zimmern und beorderte sie in das Jungenzimmer.

„Hört zu, ihr kleinen Kanalratten", zischte sie. „Ich habe es endgültig satt, von euch ständig an der Nase herumgeführt zu werden. Ab heute tut ihr nur noch das, was ich euch sage. Sonst schicke ich die anderen drei nämlich mit dem nächsten Flugzeug nach Hause, verstanden?"

Die vier nickten zwar artig, dachten aber nicht daran, sich an Lucindas Befehle zu halten.

„Noch ein Ausflug ohne mein Wissen und ich verständige eure Eltern. Ihr drei durftet nur mit, weil Dominik darauf bestanden hat. Und Dominik wurde nur genommen, weil der Regisseur der Show ihn unbedingt haben wollte. Aber verlasst euch darauf, so schlau wie ihr bin ich schon lange. Zuerst verschwindet ihr drei, und wenn es sein muss, schaffe ich es auch noch, dass man dich rauswirft!“ Sie ließ ihren spitzen Zeigefinger wie einen Dolch in Dominiks Richtung sausen.

Die Junior-Detektive sahen ein, dass sie es ernst meinte. Sie mussten versuchen, Lucinda halbwegs zu beruhigen.

„Möchtest du vielleicht ein frisches T-Shirt von mir?“, fragte Lilo.

Lucinda nahm das Angebot gerne an.

Zurzeit hatte Lilo eine große Schwäche für gestreifte T-Shirts mit Kapuze, wie sie gerade eines trug. In ihrem Schrank lagen noch drei weitere, die genauso aussahen. Eines davon bekam Lucinda.

„He, du siehst ja fast wie Lilos Zwilling aus!“, stellte Axel bewundernd fest.

Lucinda hatte sich ein paar Zöpfe eingeflochten und sah in dem gestreiften T-Shirt neben Lilo auf den ersten Blick wie ihre zweite Ausgabe aus.

„Unten wartet ein guter Bekannter mit seinem Taxi. Dürfen wir ihm sagen, dass wir jetzt nicht mit ihm fahren?“, fragte Axel.

Lucinda winkte ab. „Das erledige ich schon. Ich brauche ohnehin ein Taxi, da ich nach Hause muss. Mein Freund ist von der Leiter gefallen und hat sich das Bein verstaucht. Ich komme danach wieder, und bis dahin wagt ihr euch nicht aus den Zimmern, sonst ist morgen euer Abflug. Verstanden?“

„Wir leiden doch nicht unter Hirnerweichung!“, meinte Dominik.

Die Knickerbocker-Bande war enttäuscht. Sie waren so nahe an der Lösung des Falles, und Lucinda hatte ihnen jetzt einen dicken Strich durch die Rechnung gemacht.

Wütend warfen sie sich auf die Betten und schliefen bald ein. Die kurzen Nächte und die Aufregung hatten sie ziemlich geschafft.

Lucinda fand Archie nicht vor dem Hotel. Sie hatte auch keine Lust, lange nach ihm zu suchen. Er würde schon bemerken, dass die Knickerbocker-Bande nicht kam.

Sie winkte einem Taxi, als sich plötzlich eine Hand auf ihre Schulter legte.

„He, wozu lässt du mich warten, wenn du mit jemand anderem fahren willst?“, fragte eine raue Stimme.

Archie war auf das bunte T-Shirt reingefallen und hatte Lucinda von hinten für Lilo gehalten. Erst als sie sich umdrehte, bemerkte er den Irrtum.

„Ach, Sie sind der Fahrer, von dem die Kinder gesprochen haben!“, näselte Lucinda arrogant.

Gnädig stieg sie zu Archie in den Wagen um sich von ihm nach Hause bringen zu lassen.

„Welche Adresse?“, fragte Archie.

„Rodeo Drive“, sagte Lucinda und nützte die Fahrt, um den grünen Nagellack zu entfernen.

„Witzig, die Kinder wollten zum Sunset Drive, das ist fast um die Ecke“, stellte Archie fest.

„Was ist daran witzig?“, wollte Lucinda wissen.

Das Las Vegas, das die Glücksspieler und Touristen kennen, besteht hauptsächlich aus einer kilometerlangen Straße namens „The Strip“, der Streifen. Hier reiht sich Hotel an Hotel, Glücksspielhalle an Glücksspielhalle. Diese Straße ist das berühmte blitzende, flimmernde, blinkende und glitzernde Lichtermeer in der Nacht.

Die eigentlichen Einwohner der Stadt leben aber außerhalb in der Wüste. Wie mit dem Lineal ist dort ein Netz von Straßen angelegt. Jeder besitzt ein kleines Grundstück mit einem mehr oder weniger großen Haus darauf. Regelmäßige Bewässerung hat Pflanzen und Gras in der Wüste sprießen lassen.

Immer wieder warf Archie einen Blick in den Rückspiegel.

„Äußerst seltsam“, brummte er. „Dieser schwarze Transam folgt uns, seit wir vom Hotel losgefahren sind. Wenn ich aufs Gas trete, tut er das auch. Biege ich rechts ab, folgt er mir, biege ich links ab, auch. Die Fenster sind alle dunkel, ich kann nicht sehen, wer drinsitzt."

Archie näherte sich dem Sunset Drive. Drei Querstraßen weiter lag der Rodeo Drive.

Plötzlich gab der Fahrer des schwarzen Transam Gas und überholte. Er schnitt das Taxi und Archie musste auf die Bremse steigen. Lucinda wurde nach vorn geschleudert und vergoss den stinkenden Nagellackentferner im ganzen Wagen.

„Dieser Idiot!“, schimpfte der sonst so ruhige Archie. Er stieg aus dem Taxi und ging auf den schwarzen Wagen zu. Als er die Tür des Fahrers öffnen wollte, flog die Beifahrertür auf und eine Gestalt in einer dunklen Jacke, mit Sonnenbrille, Kappe und in Jeans sprang heraus. Sie rannte zum Taxi, riss die hintere Tür auf und zerrte Lucinda am Arm aus dem Wagen.

„Was soll das? Hilfe, Überfall!“, kreischte diese wie eine Sirene.

Der Beifahrer des Transam ließ sie los, zog aber den Schlüssel aus dem Zündschloss von Archis Taxi und rannte zu seinem eigenen Wagen zurück.

Archie riss an der Fahrertür, die aber verriegelt war.

Der Transam scherte aus und Archie konnte sich nur durch einen großen Sprung nach hinten retten.

„Alles in Ordnung, Madam?“, erkundigte er sich, als er zu seinem Taxi zurückkam.

Lucinda zitterte am ganzen Körper.

# DER GARTENSUMPF

„Dieser Überfall hat uns gegolten“, sagte Lilo leise, nachdem Lucinda am Abend berichtet hatte, was ihr widerfahren war. „Der Typ hat Lucinda mit mir verwechselt.“

„Jemand wollte verhindern, dass wir zu diesem Gordon Mitchel fahren!“, meinte Dominik.

Es war kurz vor neun. Lucinda war erst wieder gegangen, nachdem die Knickerbocker sie über alle Maßen bedauert hatten. Zum Glück war ihre Aufpasserin nicht auf die Idee gekommen, dass der Anschlag in Wirklichkeit die Junior-Detektive treffen sollte. Sonst wäre ihr Aufenthalt in Las Vegas sicher zu Ende gewesen.

„Aber wer war der Kerl im schwarzen Transam?“, wollte Axel wissen.

Die Knickerbocker hatten nicht einmal einen Verdacht.

„Was machen wir heute Nacht noch? Wir wollten doch in das Spukhaus“, erinnerte Dominik die anderen.

„Wir sollten aber auch zu diesem Gordon Mitchel. Wenn jemand versucht, etwas zu vertuschen, müssen wir ihm zuvorkommen“, meinte Lieselotte, fügte jedoch seufzend hinzu, „wenn es nicht schon zu spät ist.“

Die Bande beschloss sich aufzuteilen. Dominik und Lilo wollten in das Spukhaus gehen. Axel und Poppi sollten zu Gordon Mitchel.

Lucinda hatte an diesem Abend zum Glück vergessen, die Zimmer abzuschließen.

Die Knickerbocker hinterließen eine Nachricht auf dem Anrufbeantworter ihres Telefons und teilten allen mit, dass sie tief und fest schlummerten und nicht gestört werden wollten. Falls Lucinda zur Kontrolle anrief, würde sie sich damit bestimmt zufrieden geben.

„Ein großes Lob an die moderne Nachrichtentechnik!“, sagte Dominik salbungsvoll.

Seine Freunde verdrehten die Augen.

„Das Hotel ist ein Hit, und dass jedes Telefon einen eigenen Anrufbeantworter eingebaut hat, ist obergeil!“, übersetzte Axel Dominiks Worte in die heutige Sprache.

„Ich finde deine Ausdrucksweise manchmal ein wenig neandertalerhaft“, stellte Dominik darauf naserümpfend fest.

„Selber Neandertaler“, gab Axel zurück.

Über Las Vegas senkte sich langsam die Dunkelheit. Als die Bande aus dem schicken Hotel trat, blitzten schon überall die Lichter.

In den ruhigen Wohnstraßen außerhalb des Strips herrschte dafür ziemliche Düsternis. Axel und Poppi blickten einander besorgt an, als sie am Sunset Drive aus dem Taxi stiegen.

„Keine sehr freundliche Gegend“, meinte Axel.

Poppi kamen plötzlich Bedenken. „Vielleicht hat Mister Wintrop Gaunern oder Mitgliedern der Mafia neue Namen und Adressen verschafft. Am Ende laufen wir einem Verbrecher in die Arme!“

Axel zuckte bei diesem Gedanken zusammen. Poppis Verdacht war nicht an den Haaren herbeigezogen. Allerdings sprach dagegen, dass Mister Wintrop von „Opfern“ gesprochen hatte.

„Nein, das stimmt sicher nicht!“, sagte Axel entschieden und erklärte Poppi, warum.

Haus Nummer 9566 unterschied sich nicht von

den anderen der Nachbarschaft. Es war ein flacher Holzbau mit Fliegengittern vor den Fenstern und einem angebauten Swimmingpool, der ebenfalls mit Fliegengittern überdacht war.

„Gordon Mitchel“ stand auf einem Stückchen Pappkarton, das mit einem Reißnagel neben die Tür geheftet war.

Axel öffnete die erste Tür, die ebenfalls nur aus Fliegengitter bestand, und klopfte an die Holztür, die dahinter lag.

Aus dem Haus drang das Geräusch eines Fernsehers. Gordon Mitchel musste sich gerade eine lustige Familienserie ansehen, denn es war ständig das eingeblendete Gelächter des Publikums zu hören.

Die Tür wurde aufgerissen und ein dickbäuchiger Mann mit breitem Gesicht, breitem Mund und großen Augen musterte die beiden Knickerbocker überrascht.

„Hi!“, sagte er grinsend. „Sammelt ihr für ein neues Jugendheim?“

Poppi erinnerte der Mann an eine Kröte. Er hatte nämlich keinen Hals, dafür aber einen besonders breiten Kopf. Auch war seine Haut rau und mit braunen Flecken übersäht.

„Mister Gordon Mitchel?“, fragte Axel zaghaft.

„Wer sonst, junger Mann? Micky Maus? Donald

Duck? Oder vielleicht Mister Ed, das sprechende Pferd?" Mister Mitchel brach über seinen eigenen Witz in wieherndes Gelächter aus.

„Dürfen wir kurz mit Ihnen reden?", fragte Axel.

„Gerne, aber ich muss dabei den Garten gießen!", erklärte der dicke Mann und schob sich ins Freie. Er trug eine ausgefranste Jeans, aus der er fast herauszuplatzen schien, und ein ärmelloses T-Shirt, das seinen Bauch doppelt so groß erscheinen ließ.

„Kommt, kommt, kommt!", forderte er die beiden auf, als sie ein wenig zögerten.

Mister Mitchel bückte sich laut stöhnend und ächzend und hob einen gelben Gartenschlauch auf. Er drehte das Wasser auf und begann damit Rasen und Sträucher zu gießen.

„Nun, was wollt ihr mit mir besprechen? Woher kommt ihr eigentlich?"

Axel und Poppi stellten sich nicht vor, verrieten aber, dass sie aus Europa kamen. Ihre Namen behielten sie lieber für sich.

„Kennen Sie Mister Wintrop?", fragte Axel.

„Natürlich!", jubelte Gordon Mitchel.

Volltreffer, dachten Axel und Poppi.

„Wer kennt nicht das leckere Wintrop-Eis?", grölte Mister Mitchel und sang den Werbesong: „Nichts ist so heiß wie Wintrop-Eis!"

„Äh, wir meinen eigentlich den echten Mister Wintrop. Und persönlich?“, hakte Axel nach.

„Den echten Mister Wintrop? Ihr denkt doch nicht, dass der mit mir spricht? Ich bin doch nur Gordon. Mister Wintrop ist berühmt und reich!“

Der Mann ging weiter und die Knickerbocker folgten ihm. Überrascht stellten sie fest, dass ihre Schuhe im aufgeweichten Boden tief eingesunken waren. Als sie sie wieder herauszogen, erzeugten sie schmatzende Geräusche.

Poppi stieß Axel an und machte ihn auf die Beete und die grasfreien Stellen rund um die Sträucher und Bäume aufmerksam. Überall stand das Wasser. Der Rasen war bereits ein Sumpf.

„Entschuldigung, Mister, aber wozu gießen Sie? Es ist ohnehin alles nass!“, sagte Axel vorsichtig.

Mister Mitchel brach wieder in lautes Gelächter aus. „Alles nass? Es kann nie zu nass sein. Ich gieße immer. Morgens, zu Mittag, am Nachmittag, am Abend und in der Nacht. Das ist notwendig, weil der Boden sonst austrocknet.“

„Aber ihr Grundstück steht unter Wasser!“, meinte Poppi verwundert.

„Aber nein, der Boden ist staubtrocken!“, wieherte der Mann und trat zum Beweis fest auf den Rasen. Er versank fast bis zum Knöchel. Grinsend zog er den Schuh wieder in die Höhe und sagte: „Wie ich gesagt habe: staubtrocken."

Axel und Poppi warfen einander ängstliche Blicke zu. War dieser Mann verrückt?

Plötzlich kam Axel noch eine Idee. Er fragte völlig unvermittelt: „Kennen Sie einen Jonathan Anastasi aus New York?",

Für den Bruchteil einer Sekunde wirkte Mister Mitchel abwesend. Sein Blick schweifte in die Ferne, als wäre an diesen Namen eine Erinnerung geknüpft, die er sich aber nicht ins Gedächtnis rufen konnte. Gordon fing sich schnell wieder und antwortete: „Nein, wer soll das sein?"

„War nur eine Frage", brummte Axel.

Mister Mitchel ließ den Gartenschlauch fallen und lud die beiden Knickerbocker in sein Haus ein. „Wie wär's mit Cola oder Eistee oder Früchtepunsch? Oder vielleicht ein anderer Wunsch?" Wieder lachte er los und klopfte sich dabei auf die Schenkel.

Axel beschloss, sich im Haus umzusehen. Wenn sie schon einmal da waren, mussten sie die Gelegenheit nutzen. Außerdem war er nicht allein, das war in diesem Augenblick sehr wichtig.

Im Haus herrschte das größte Chaos, das die Junior-Detektive je gesehen hatten. Mister Mitchel schien von Schränken nichts zu halten und hatte alle seine Habseligkeiten herumliegen.

Zwischen Bergen von Wäsche, Zeitschriften, Büchern und Elektrogeräten zogen sich nasse Dreckspuren.

„War heute Nachmittag jemand hier bei Ihnen?“, wollte Axel wissen.

Mister Mitchel überlegte kurz und sagte dann: „Nein, niemand. Aber ich kriege nie Besuch. Irgendwie merkwürdig, es ist immer so, als würden die Leute mich nicht kennen.“

„Was arbeiten Sie?“, forschte Axel weiter.

„Äh ... nichts ... muss ich nicht. Ich kümmere mich nur um den Garten, damit er auch immer gut bewässert ist. Einmal im Monat kommt mein Geld. Es liegt im Briefkasten und reicht völlig.“

Der Mann zog unter einem Stapel ungebügelter Hemden eine Colaflasche hervor. Die Gläser standen auf dem Fernsehapparat.

Während er einschenkte, sah sich Poppi etwas genauer um.

Neben ihrem Fuß lag ein Gruppenfoto. Es zeigte eine Schulklasse. Die Jungen darauf mussten ungefähr sechzehn oder siebzehn Jahre alt sein.

Gordon Mitchel war sofort zu erkennen. Er hatte schon damals, obwohl das Foto mindestens 25 Jahre alt sein musste, dasselbe Gesicht und dieselbe Figur. Er stand ganz außen.

Poppi drehte das Bild um und holte tief Luft.

Sie bekam es nun mit der Angst zu tun. Ihr Mafiaverdacht war vielleicht zutreffender, als Axel ahnte.

Gordon Mitchel schlug mit einem lauten Knall die Eingangstür zu. Sein Gesicht war nicht mehr freundlich, sondern zu einer spöttischen Grimasse verzogen.

„Jetzt sitzt ihr ganz schön in der Falle, meine Kleinen!", verkündete er und lachte wieder los. Diesmal klang sein Lachen bedrohlich.

# EIN ECHTER GEIST

Als Lilo und Dominik sich dem Spukhaus näherten, blieb Lilo plötzlich stehen. Ohne Erklärung zog sie ihren Freund hinter eine Hecke.

„Ich muss schon sehr bitten, Lilo“, sagte Dominik entrüstet. „Was sollen die Leute denken, die das beobachten. Sie könnten denken, dass du mich hier knutschen möchtest!“

„Darauf kannst du lange warten, du Ochsenfrosch!“, brummte Lilo. „Wir haben ein kleines Problem, das wir in den Griff kriegen müssen. Die Tante, die uns durch das Haus führt, kennt mich vom Vormittag. Sie weiß, dass ich rumgeschnüffelt habe, und vielleicht lässt sie mich gar nicht rein. Dich kennt sie zum Glück nicht.“

Dominik verstand das Problem und hatte auch

sofort einen Vorschlag. „Erstens ziehst du meine Jacke über, damit dein T-Shirt verdeckt ist. Zweitens setzt du dir die Kapuze deines T-Shirts auf. Drittens spielen wir beide wirklich ein Mini-Liebespaar. Dank meines Schauspieltalents fällt mir das nicht schwer. Deine Rolle besteht hauptsächlich aus albernem Gekicher. Du tust immer so, als würdest du dich hinter meinem Hals verstecken und sehr schüchtern sein. Einverstanden?“

„Nicht schlecht, Herr Specht!“, meinte Lilo.

Der Trick klappte bestens. Sophia erkannte Lieselotte nicht, obwohl sie nur einen Meter von ihr entfernt stand.

Es waren sieben Leute zur Nachtführung gekommen, die alle unruhig und aufgeregt waren.

„Wir haben drei Nächte vor Vollmond. Eine Zeit, in der sich der Geist der seligen Allegretta gerne zeigt!“, kündigte Sophia mit Grabesstimme an.

Der Anfang der Führung war gleich. Sophia erzählte über das rätselhafte Verschwinden, die Vergangenheit und das geheimnisvolle Erscheinen von Allegrettas Geist in den letzten Monaten.

Der Schrank, in dem sich die blauen Katzen befunden hatten, stand noch immer offen. Er war leer.

Im nächsten Zimmer konnten die Besucher dann das schneeweiße Klavier der großen Pianistin bewundern. Sophia blickte sich immer wieder suchend um und wartete offensichtlich auf Allegrettas Erscheinen. Aber die Künstlerin schien im Geisterreich zu bleiben und keine Lust zu haben.

Enttäuscht ging die Gruppe weiter. Sie waren bereits im übernächsten Zimmer, als sie hinter sich Klaviertöne hörten.

Hastig stürmten sie durch die offenen Türen zurück.

Dominik drängte sich enger an Lieselotte und atmete schwer.

Auch Lilo war nervös geworden. Sie hatte mit einem Schwindel gerechnet. Mit einer Schauspielerin, die Allegretta mimte und Klavier spielte.

Aber auf dem weißen Hocker saß eine durchscheinende Gestalt. Deutlich war die Wand mit den zahlreichen kleinen Bildern hinter der Frau zu sehen.

Sie spielte mit viel Gefühl und schien in der Musik aufzugehen. Sie wiegte den Kopf und ihr langes, weißes Haar flatterte wie ein Schleier um ihr Gesicht. Es wirkte, als hätte es kein Gewicht, als wäre es schwerelos und ohne festen Körper.

Ganz deutlich konnte Lieselotte sehen, wie sich die Tasten unter den Händen der Frau bewegten. Die Finger waren vielleicht nur aus Licht und Luft,

aber sie hatten genug Kraft, um die Klaviertasten zu bewegen.

Allegretta spielte eine wehmütige Melodie und ohne Zweifel kam jeder Ton aus dem Klavier.

Die Temperatur im Raum war um einige Grade gefallen. Die Besucher fröstelten.

„Allegretta, warum hast du uns verlassen?“, jammerte Sophia verzweifelt.

Die tote Pianistin blickte zu ihr und hauchte: „Ich bin doch da. Siehst du das nicht, meine treue Sophia. Es geht mir gut. Auch wenn ich nun in einer anderen Welt lebe. Du sollst deinen Kummer vergessen, wie oft muss ich dir das noch sagen?“

Dominik und Lilo pressten sich eng aneinander und zerquetschten sich gegenseitig fast die Hand.

„Ich bin nicht mehr allein. Mein lieber Nachbar und guter Freund, Winfried Wintrop, ist nun auch bei mir. Wir sind wieder vereint, so wie wir es uns gewünscht haben! Adieu, meine Liebe, adieu!“

Bei diesen Worten wurde Allegretta durchscheinender und durchscheinender. Ihr heller Körper schien zu verblassen, bis er schließlich gar nicht mehr zu sehen war.

Im Raum herrschte betretene Stille.

Erst nach und nach begannen die Leute wieder zu reden. Alle waren tief bewegt, und es gab keinen Zweifel, dass sie einen echten Geist gesehen hatten.

Lieselotte ließ Dominiks Hand los und schlich lautlos auf Zehenspitzen davon. Sie nützte die Gelegenheit und lief in das angrenzende Nippeszimmer. Die Erscheinung des Geistes hatte sie sehr aufgewühlt. Obwohl sie nie an Geister geglaubt hatte, kamen ihr jetzt große Zweifel, ob es sie nicht vielleicht doch gab.

Vor allem aber war es die Atmosphäre im Spukhaus, die sie völlig fertig machte. Diese gespenstische Kälte, die plötzlich einfiel, die Stille, die alle

Geräusche zu schlucken schien, die Düsternis und der modrige Geruch waren bedrückend.

Am Vormittag war Lilo im Nippeszimmer etwas aufgefallen, was sie genauer ansehen wollte. Sie hoffte eine Entdeckung zu machen, die ihre Geisterangst wegwischen würde.

Es gab im Nippeszimmer ein Regal, das fast bis zur Decke reichte. Davor stand ein weißer Hocker, der jetzt wieder ganz an das Regal gerückt war.

So hatte er auch neulich am Vormittag gestanden, als die Besucher das Zimmer betreten hatten. Als Lieselotte dann aber ein zweites Mal hineingekommen war, hatte der Hocker an einer anderen Stelle gestanden.

Lieselotte hatte das auf eine Idee gebracht. Vielleicht befand sich hinter dem Regal eine Geheimtür, die geöffnet worden war?

Sie packte den Rand des Regals und zog daran.

Nichts, es gab nicht nach.

Lilo versuchte es auf der anderen Seite, aber auch hier hatte sie kein Glück.

Enttäuscht verließ sie den Raum. Sie hatte fest mit einer Geheimtür gerechnet. Sie wäre eine Erklärung für das rätselhafte Verschwinden der blauen Katzen gewesen, aber das Superhirn schien sich geirrt zu haben.

Hastig durchquerte Lilo das Klavierzimmer. Die Gruppe war bereits weitergegangen und niemandem schien ihr Fehlen aufgefallen zu sein.

Die leeren Zimmer wirkten sehr unheimlich. Lieselotte bekam Angst, dass sich jederzeit irgendwer aus einer Ecke auf sie stürzen könnte. Es lag Gefahr in der Luft. Sie war hier nicht allein, das spürte sie, aber sie konnte niemanden sehen.

Mist, wo waren die anderen? Wieso war Dominik mitgegangen? Warum hatte er nicht auf sie gewartet?

Mit großen Schritten hastete Lieselotte durch das düstere Haus. Plötzlich gingen die wenigen Lampen aus, die die Räume der Villa spärlich beleuchteten. Lilo stolperte und schlug sich die Stirn an.

Oh nein, die Führung schien vorbei zu sein. Die Leute hatten das Haus verlassen und Sophia hatte den Strom abgeschaltet. Lieselotte musste um Hilfe rufen.

Sie tastete sich an der Wand entlang zu den Fenstern und versuchte, eines in die Höhe zu schieben.

Aussichtslos, es war verriegelt.

Entsetzt bemerkte Lilo, dass die Scheiben schwarz bemalt waren. Sie konnte nicht hinaussehen und von draußen würde sie niemand sehen.

Irgendwo im Haus waren Schritte zu hören. War

das Sophia, die zurückkam? Aber warum lief sie durch die Dunkelheit?

Nein, Sophia konnte es nicht sein. Sie hätte bestimmt das Licht angelassen.

Aber wer war es dann?

# HÖCHST SELTSAME ENTDECKUNGEN

Poppi und Axel standen wie angewurzelt in dem chaotischen Wohnraum und starrten Gordon Mitchel mit angsterfüllten Augen an.

Er kam drohend näher. Seine Schultern schienen immer breiter zu werden, und Axel war klar, dass in seinen dicken Armen viel Kraft steckte.

Doch kampflos würde er nicht aufgeben.

„So, meine Kleinen, das Spiel ist aus!“, sagte Gordon mit drohend gesenkter Stimme.

Axel packte Poppi an der Hand und rannte blindlings los.

„Raus, an ihm vorbei!“, schrie er ihr auf Deutsch zu. Er wusste, dass Gordon das nicht verstand.

Der bullige Mann reagierte blitzschnell. Die Knickerbocker kamen nicht weit. Er streckte die Arme aus und fing die beiden wie zwei Fliegen ein. Er packte sie und hob sie in die Höhe, als wären sie leicht wie eine Feder.

Mit Schwung beförderte er sie auf ein Sofa, auf dem sich Schallplatten und Videokassetten türmten.

„Jetzt reicht's!", zischte er und fuhr in seine rechte Hosentasche.

„Der hat eine Pistole!", keuchte Poppi.

Der Mann zog blitzschnell die Waffe und richtete sie auf die Knickerbocker.

Fassungslos starrten sie das Ding an.

Lilo fror und zitterte am ganzen Körper. Sie hatte Angst. Obwohl sie noch nie in ihrem Leben an so etwas Unsinniges wie Geister geglaubt hatte, jagten ihr die Dunkelheit und Stille des Spukhauses kalte Schauer über den Rücken.

Die Schritte näherten sich. Wer kam da?

Lieselotte ging rückwärts durch die Finsternis. Sie musste sich verstecken, aber wo? Unvorsichtigerweise hatte sie ihre Taschenlampe nicht eingesteckt.

Eine Tür quietschte leise.

Die Schritte waren bereits im Nebenzimmer.

Lilo holte Luft und wollte schreien, aber aus ihrem Hals kam kein Ton. Das Zittern war so schlimm geworden, dass sie ihre Arme und Beine kaum noch unter Kontrolle hatte.

Ganz egal, ob ein Geist kam oder ein Mensch, das Spiel, das hier getrieben wurde, war Horror.

Lieselotte konnte kaum noch atmen. Sie hatte Mühe, Luft in ihre Lunge zu bekommen, so stark schlotterte sie.

Mit dem Rücken stieß sie gegen etwas, das nachgab und umfiel. Es klirrte und augenblicklich verstummten die Schritte.

Nur ein paar Meter von ihr entfernt, flammten die Katzenaugen auf, von denen Dominik gesprochen hatte. Sie blendeten das Superhirn und ein lautes Fauchen schlug ihr entgegen.

Schützend hielt Lilo die Arme vor das Gesicht. Sie versuchte über ihren Arm hinwegzuspähen, aber durch das grelle Licht konnte sie nichts erkennen.

Das Fauchen steigerte sich und die Gruselkatze schlug mit der Pfote nach ihr. Lilo spürte, wie die Krallen über ihren Arm kratzten.

Danach ergriff das Tier die Flucht.

Seine Augen verschwanden im Nebenzimmer und Lilo hörte schnelle Schritte. Sie sprang auf und nahm die Verfolgung auf. Da sie ihren Gegner nun kannte, hatte sie neuen Mut und neue Kraft.

Poppi und Axel starrten auf die nackte Hand von Gordon Mitchel. Er hatte mit den Fingern eine Pistole geformt und sie auf die beiden Junior-Detektive gerichtet. Mister Mitchel weidete sich an ihren entsetzten Gesichtern und brach wieder in sein grunzendes Lachen aus.

„Drangekriegt! Drangekriegt! Habe ich mir aus meiner Lieblings-Krimi-Serie abgeguckt!“, gestand er glucksend.

Axel und Poppi atmeten erleichtert auf.

„Los, weg!“, hauchte Axel. Auch wenn Gordon nicht wirklich gefährlich war, schien er zweifellos verrückt zu sein.

Die Junior-Detektive stimmten in das Lachen ein und schüttelten dem Mann die dicke Hand. Sie stürmten auf die Straße und liefen bis zur nächsten Kreuzung.

Keuchend blieben sie dort stehen.

„Ich … also auf dem Foto … auf der Rückseite … da steht an der Stelle, an der sich Gordon befindet, der Name Jonathan Anastasi“, berichtete Poppi.

„Das ist also sein wirklicher Name. Aber hier lebt er als Gordon Mitchel. Und er ist eines von Winfried Wintrops ‚Opfern‘. Was hat er mit ihm gemacht?“, überlegte Axel laut.

Lieselotte hatte doch Recht gehabt. Der Schrank war eine Geheimtür. Dahinter befand sich ein Schacht, der senkrecht in die Tiefe führte. In ihn war ein kleiner Lift eingebaut, der nur aus einer Plattform bestand. Als Lilo das Nippeszimmer erreichte, war der Lift gerade nach unten gefahren und ein Knacken zeigte an, dass er sein Ziel erreicht hatte. Lieselotte beugte sich in den Schacht, konnte aber nichts erkennen. Es war zu dunkel.

Hastig tastete Lilo die Wand ab und fand einen runden Knopf. Als sie ihn drückte, kam der Lift leise surrend nach oben.

„Ein echter Knickerbocker lässt niemals locker!", sprach sich Lieselotte Mut zu. Sie trat auf die Plattform, die sofort hinunterfuhr.

Vor dem Superhirn der Bande lag ein schmaler, hoher Gang. Er war so eng, dass zwei Leute hier nicht nebeneinander gehen konnten.

Alle paar Meter brannten schwache Messinglampen, die nicht nach Keller, sondern sehr edel und stilvoll aussahen.

Lieselotte hielt den Atem an und lauschte. Waren die Schritte noch zu hören?

Nein, im Gang war es völlig still. Entweder lauerte irgendwo ein Raubtier auf sie, oder aber es war längst verschwunden.

Dummerweise gab es nichts, was Lilo hätte als Waffe benutzen können. Sie holte tief Luft und rannte los. Sie rannte so schnell wie möglich. Falls sich ihr jemand in den Weg stellte, würde sie ihn über den Haufen rennen.

Der Gang machte zwei leichte Biegungen und schien kein Ende zu nehmen. Lilo lief und lief und lief. Ihre Sportschuhe erzeugten ein schrecklich lautes Geräusch, das schaurig widerhallte.

Endstation.

Lilo erreichte einen weiteren Schacht und sah über sich wieder eine Plattform – noch ein Lift! Sie fand auch den Schalter, mit dem er gerufen werden konnte.

Die Plattform senkte sich und Lilo stieg auf. Sofort begann die Fahrt nach oben.

Im Schacht selbst gab es keine Lampen. Das spärliche Licht des Ganges reichte nicht bis zu seinem oberen Ende.

Tastend ließ Lieselotte nach dem Stopp ihre Hände über die Wand gleiten. Sie spürte einige Schrauben und Muttern und eine Art Kästchen. Es war ungefähr zehn Zentimeter lang und zwei Zentimeter hoch.

Als Lilo daran zog, hatte sie es plötzlich in der Hand.

Durch zwei kleine Löcher fiel ein rötlicher Lichtschein.

Das Superhirn beugte sich vor und biss sich auf die Unterlippe.

# LILO IN NÖTEN

Lilo blickte in die Halle der Villa von Winfried Wintrop.

Mit zitternden Fingern tastete sie die Wand weiter ab. Gab es eine Klinke oder einen Knauf, um die versteckte Tür zu öffnen?

Ja, da war etwas. Lieselotte rüttelte daran, und endlich sprang eine schmale Tapetentür auf.

Das Mädchen stolperte in den Raum. Die Tür entglitt ihr und schlug mit einem Knall zu. Erschrocken drehte sich Lilo um und erkannte nun, was die beiden Löcher gewesen waren.

Es handelte sich um die Augen des Porträts. Es hatte wirklich jemand dahinter gestanden.

Die Eingangstür war offen und Lieselotte rannte ins Freie.

Der Weg zur Ausfahrt war nicht beleuchtet. Lieselotte schauderte bei dem Gedanken, durch den stockfinsteren Garten laufen zu müssen. Vielleicht lauerte ihr das Untier mit den Katzenaugen hier auf? Vielleicht lag es schon hinter einem Gebüsch und wartete nur darauf, dass sie vorbeikam?

Aber war es wirklich eine Katze?

Verdammt, was wurde hier gespielt?

Der Bobtail bellte wie verrückt. Lilo konnte das Klirren des Gitters seines Zwingers hören, als er mit den Pfoten dagegensprang.

Was war los? Was hatte der Hund?

Wahrscheinlich war gerade jemand an ihm vorbeigerannt. Deshalb war er so aufgeregt.

Ohne über die Folgen nachzudenken, stürmte Lieselotte los. Sie fand den überwachsenen Fahrweg und folgte ihm. Um die alten Pflastersteine zu spüren, die sie zum Gärtnerhäuschen führten, zog Lilo die Schuhe aus und ertastete mit den nackten Fußsohlen den Weg.

Die Vorhänge waren alle zugezogen, aber unter den Rändern fiel Licht durch. Es war also jemand im Haus.

Auf Zehenspitzen schlich Lieselotte näher heran, um hineinzuspähen.

Als sie nur noch fünf Schritte von den Fenstern

entfernt war, flammten rund um das Gärtnerhäuschen Scheinwerfer auf. Sie beleuchteten den Rasen und machten ein unbemerktes Näherkommen unmöglich.

Die Tür flog auf und jemand trat heraus.

Lilo konnte die Person nicht erkennen. Hinter ihr brannte grelles Licht, das genau auf die Türöffnung gerichtet war, in der die Person stand.

„Wer sind Sie? Was machen Sie hier? Wie sind Sie auf das Grundstück gekommen?“, bellte eine raue, tiefe Stimme.

Lieselotte hielt die Hände vor das Gesicht und spähte durch die Finger. Trotzdem konnte sie nichts erkennen. Das Licht blendete zu stark.

„Ich ... also ... ich ...“, stotterte sie hilflos herum. „Da war eine Riesenkatze, ich habe sie verfolgt und sie ist hierher gelaufen. Deshalb bellt der Hund.“

„Du willst mich wohl auf den Arm nehmen?“, knurrte die Stimme, die zweifellos einem Mann gehörte.

„Nein, will ich nicht. Aber wer sind Sie?“ Lieselotte hatte all ihren Mut zusammengenommen, um diese Frage zu stellen.

„Ich diente der seligen Miss Allegretta als Chauffeur und sehe heute nach ihrem Besitz und dem des verstorbenen Mister Wintrop. Meine Aufgabe ist es, Landstreicher, Plünderer und allzu aufdringliche Fans fern zu halten!", fügte er drohend hinzu.

„Ich … ich gehe ja schon, aber es ist so dunkel. Ich sehe nichts!", beschwerte sich Lieselotte.

„Ich schalte für genau drei Minuten das Licht im Garten ein. So viel Zeit hast du, um zu verschwinden. Das Tor wird offen sein. Danach aktiviere ich die Anti-Einbrecher-Anlage. An deiner Stelle würde ich alles tun, um nicht mit ihr in Berührung zu kommen!"

„Ich … ich bin schon weg!", stammelte Lilo.

Der Mann verschwand im Haus und schloss die Tür. Gleich darauf ging die Gartenbeleuchtung an.

Lilo wollte los, doch da fiel ihr Blick auf die Garage. Das Tor stand offen und sie erkannte einen roten Sportwagen.

Hatte Axel nicht von so einem Auto berichtet? In diesem Wagen hatte doch derjenige gesessen, den Mister Wintrop eigentlich erwartet hatte!

Lilo sah, dass sie vom Fenster neben der Tür aus beobachtet wurde. Der Vorhang war ein winziges Stück aufgezogen worden und jemand spähte heraus. Sie tat so, als würde sie in Richtung Ausfahrt laufen, schlug sich in Wirklichkeit aber in die Büsche. Sie umrundete das Häuschen im Schutz der Pflanzen und schlich in die Garage.

Der rote Wagen war ein Ferrari und ein Vermögen wert. Bestimmt kostete er so viel wie eine Wohnung.

Lilo öffnete die Tür, die fast lautlos aufsprang. Der Fahrersitz war aus Leder und sah aus wie eine aufgestellte Badewanne. Er war so tief, dass man nur mit Mühe einsteigen konnte.

Wem gehörte er?

Lieselotte entdeckte einen aufgerissenen Brief auf dem Nebensitz. Sie beugte sich vor und griff danach. Als sie die Adresse auf dem Umschlag sah, fuhr ihr der Schreck durch alle Glieder.

Die Garage grenzte direkt an das Gärtnerhäuschen, in dem Geräusche zu hören waren. Lilo ließ den Brief in ihrer Hosentasche verschwinden und huschte aus der Garage.

Sie rannte, so schnell sie konnte. Auf halbem Weg zur Ausfahrt begannen die Lampen im Garten heftig zu flackern. Der Fahrer und Grundstückswächter wollte sie wahrscheinlich warnen, dass nicht mehr viel Zeit blieb.

Lilo rannte durch das offene Gittertor auf die Straße hinaus. Als sie sich umdrehte, erloschen hinter ihr alle Lichter und die Bewässerungsanlage setzte sich wieder in Betrieb.

Klirrend fiel das Tor ins Schloss.

Das Oberhaupt der Knickerbocker-Bande lief in Richtung Spukhaus, wo Dominik wahrscheinlich noch immer auf sie wartete. Sie stürmte die Zufahrt hinauf, die mindestens so lang wie der Weg durch Wintrops Garten war.

Kleine Lampen, die sich knapp über dem Boden befanden, spendeten Licht. Sie beleuchteten nur den Weg, ab Kniehöhe lag alles im Dunkeln.

Allegrettas Villa wurde ebenfalls mit vielen kleinen Lampen von unten angestrahlt. Sie warfen wilde, lange Schatten nach oben, die das Haus wie das zerfurchte Gesicht einer uralten Frau aussehen ließen.

Der Kies knirschte schrecklich laut unter Lieselottes Sportschuhen.

Dominik war nicht zu sehen. Der Platz vor dem Haus war leer.

„Mist!“, fluchte Lilo und machte kehrt. Sie hatte keine große Lust, allzu lange in der Nähe dieses Spukhauses zu bleiben.

Doch hinter ihr war jemand aufgetaucht, ohne ein Geräusch zu machen, und verstellte ihr den Weg. Lieselotte schrie laut auf, als sie gegen den Mann stieß, der ungefähr so groß wie sie, aber doppelt so dick war.

Zwei Hände, die in schwarzen Handschuhen

steckten, legten sich auf ihre Schultern und packten wie die Klauen eines Adlers zu.

„Loslassen, lassen Sie mich los oder ich schreie!", drohte Lieselotte.

Der Mann kümmerte sich nicht darum.

Lilo erkannte, dass er einen schwarzen Butleranzug trug und bis auf einen dünnen, weißen Haarkranz kahlköpfig war.

„Was hast du hier zu suchen?", fragte er. Seine Stimme war tief und drohend.

„Ich suche einen Freund. Wir … wir haben uns verpasst!", stieß Lieselotte hervor. Sie versuchte sich aus dem Griff des Mannes zu befreien, aber seine Finger waren schlimmer als Zangen.

„Hier ist niemand, warum lügst du?", fragte er bohrend.

„Doch, ich bin da und wenn sie meine Freundin nicht loslassen, dann werde ich wild!"

Wie ein fieser Giftzwerg war Dominik aus seinem Versteck hinter einer riesigen Steinvase hervorgesprungen. Er hielt einen Gartenschlauch in den Händen und schwang ihn drohend wie ein Lasso.

Der Mann lockerte seinen Griff und drückte Lilo weg.

„Wer sind SIE?", fragte das Superhirn.

„Ich bin Albert, der Fahrer der seligen Künstlerin

Allegretta!“, verkündete der Mann mit getragener Stimme.

Lilo schluckte. Plötzlich war es mit ihrer Ruhe vorbei. Normalerweise schaffte sie es, einen klaren Kopf zu behalten, aber in dieser Nacht war sie chancenlos.

Sie packte Dominik an der Hand und keuchte: „Komm, weg, schnell weg! So schnell wie möglich. Weit weg!“

Die beiden rannten los und blieben erst wieder stehen, als sie eine breite Straße erreichten, auf der auch um diese Tageszeit viele Autos fuhren. Sie hielten ein Taxi an und ließen sich ins Hotel zurückbringen. Dort wurden sie von Axel und Poppi schon ungeduldig erwartet.

Die Knickerbocker begannen gleichzeitig draufloszureden. Jeder musste seine Neuigkeiten loswerden. Keiner wollte warten.

„Und wem gehört das rote Auto?“, fragte Axel zum Schluss.

Lieselotte holte tief Luft und nannte den Namen, der auf dem Briefumschlag stand. Es war, als würde eine Bombe platzen.

# PLÄNE UND FALLEN

Am nächsten Morgen sah Dominik wie eine Bulldogge aus. Seine Augen waren rot gerändert und die Lider hingen tief herab. Er war total k. o. und wusste wirklich nicht, wie er die Probe im Theater überstehen sollte. Er würde garantiert einschlafen, und der Regisseur würde einen Tobsuchtsanfall bekommen.

Lucinda holte ihn um halb neun Uhr ab. Sie war noch immer so aufgeregt wegen des Überfalls, dass sie Dominiks müdes Gesicht gar nicht bemerkte. Sie plapperte und plapperte und Dominik hätte ihr am liebsten ein Tuch in den Mund gestopft.

Der Rest der Bande drehte sich noch einmal um und schlief tief und fest weiter.

Kurz nach neun Uhr klingelte Lilos Telefon.

„Hallo?“, meldete sie sich verschlafen.

Es war Winni. Er klang ziemlich aufgeregt.

„Ich … also … es ist so: eine Drohung! Ich wurde bedroht, es war schrecklich! Es wird mir ein schlimmer Unfall zustoßen, wenn ich mich weiter mit euch treffe. Habt ihr eine Erklärung dafür?“ Seine Stimme überschlug sich beim Reden.

„Ja!“, antwortete Lilo kurz.

„Was? Wirklich? Sag schon, welche?“, drängte Winni.

„Wir wissen jetzt alles und das gefällt jemandem ganz und gar nicht!“

„Wem? Wem? Wem?“ Winni rang nach Luft.

„Das sage ich dir nicht am Telefon. Wir könnten abgehört werden. Aber wo steckst du eigentlich?“, wollte Lieselotte wissen.

„Ich wohne in einem Hotel. Einem kleinen Hotel, weit weg vom Strip. Ich weiß gar nicht, wie der Typ meine Nummer herausgefunden hat. Aber ich nehme das ernst. Danke für eure Hilfe, aber wir werden uns nicht mehr sehen.“

„Schade“, meinte Lieselotte. „Wir haben nämlich viel Interessantes erfahren. Übrigens treffen wir heute um 13 Uhr zwei Reporter von großen Fernsehsendern. Wir werden alles erzählen, denn die Geschichte ist heiß!“

Winni war einige Sekunden lang still.

„Aber … aber das sagst du jetzt nur so, oder?"

„Nein, das ist kein Scherz. Das ist wahr. Schau heute am Abend fern, oder hat dir das der Drohanrufer auch verboten?"

„Ich … also … ich melde mich wieder!", versprach Winni, der völlig verwirrt zu sein schien.

Während Lieselotte unter der Dusche stand, klingelte das Telefon abermals. Die Knickerbocker waren begeistert gewesen, als sie in den Badezimmern wasserfeste Apparate entdeckt hatten, mit denen man auch unter der Dusche telefonieren konnte.

„Hallo?"

Stille. Am anderen Ende war nichts zu hören.

„Haaaaaallllooooooo?", rief Lilo in den Hörer.

Wieder nichts.

Das Superhirn legte auf.

Gleich darauf kam der zweite Anruf, aber wieder meldete sich niemand.

Erst beim dritten Mal hörte Lieselotte eine tiefe, krächzende Stimme. „Neugierige Menschen sterben bald!", sagte sie. „Wer zu viel weiß, lebt gefährlich. Einen Schritt weiter und ihr werdet bereuen, den Mund zu weit aufgemacht zu haben."

Schweigend hatte Lilo zugehört. Ihr Herz raste. Sie spürte das Pochen bis in den Hals. Nun nahm sie alle Kraft zusammen und sagte ruhig und bestimmt: „Sie können uns drohen, so viel Sie wollen, wir packen heute aus. Um 13 Uhr geben wir das Interview im Smaragd-Hotel. Beim Eingang zum Vergnügungspark. Nicht weit vom Theater. Für unsere Sicherheit ist gesorgt, verlassen Sie sich darauf."

Danach legte sie auf und lehnte sich keuchend gegen die Wand. Das warme Wasser rann an ihr herunter und beruhigte sie ein bisschen.

Die Knickerbocker-Bande spielte mit hohem Einsatz, und Lieselotte war fest entschlossen zu gewinnen.

Natürlich gab es keine Interviews. Lilo hatte sich diesen Plan ausgedacht, um endlich das Geheimnis der 13 blauen Katzen zu lüften. Sie wollte unbedingt, dass der Verdächtige in die Falle ging.

Lieselotte ahnte allerdings nicht, dass sie ausnahmsweise einmal total danebenlag und soeben sich und ihre Freunde in eine höchst gefährliche Lage gebracht hatte.

Als Lucinda zurückkam, waren alle drei Knickerbocker bereits abmarschbereit. Jeder von ihnen hatte etwas anderes vor.

Poppi wollte unbedingt die weißen Tiger besuchen.

Axel wollte in das Hotel Luxor, das wie eine riesige schwarze Pyramide aussah. Es gab darin nämlich ein paar tolle „Züge", mit denen man Reisen ins alte Ägypten machen konnte. Axel liebte es, in diesen Bahnen kräftig durchgeschüttelt zu werden. Vor allem freute er sich auf die „Jagd nach der Kristallpyramide", einem Flug durch Fantasiewelten, bei dem die Teilnehmer sogar mehrere Meter im freien Fall abstürzten.

Lieselotte interessierte sich für die Spielautomaten. Auch wenn sie noch nicht selbst spielen durfte, wollte sie den Leuten ein wenig zusehen.

In Wirklichkeit jedoch kümmerte die drei Knickerbocker das alles herzlich wenig. Sie mussten sich nur aufteilen, damit sie niemand schnappen konnte. Selbst wenn einer von ihnen erwischt würde, wären zwei andere noch immer frei. Der Verdächtige liefe Gefahr, dass die anderen ihn hochgehen ließen und das Fernsehinterview gäben.

Lilo hatte sich Folgendes ausgedacht: Der Verdächtige wird uns alle gemeinsam schnappen wollen, und das ist unsere große Chance. Denn dann schnappen wir ihn.

Um die Falle aber auch wirklich echt aussehen zu lassen, brauchten sie Reporter. Lilo hatte auch eine Idee, wie sie die bekommen konnten.

„Lucinda, sag, du kennst doch sicherlich ein paar echt coole Jungs hier in Las Vegas? Ich meine, tolle Kerle, die so richtig gut aussehen. Ich möchte mich mit ihnen knipsen lassen und meine Freundinnen daheim neidisch machen“, sagte Lieselotte zu ihrer Aufpasserin.

Lucinda fühlte sich geschmeichelt. Sie fuhr mit der Hand mehrmals durch ihr blondes Haar und zwitscherte: „Tja, wie ihr euch denken könnt, rennen mir die Männer nur so nach. Es sind auch ein paar super Typen darunter. Wenn ich da ein gutes Wort einlege, kommen sie bestimmt. Du weißt aber schon, dass du etwas jung für sie bist. Also mehr als ein Foto ist da nicht drin!“

Lilo setzte ein bedauerndes Lächeln auf und hauchte: „Wie schade!“ Im Stillen dachte sie: „Zum Glück! Lucindas Freunde sind bestimmt die größten Angeber der Welt.“

„Oh nein, ich habe meine Kamera vergessen. Denkst du, sie können auch Fotoapparate mitbringen?“, fragte Lilo listig.

Lucinda nickte gnädig.

„Cool wäre ja ein kleiner Auflauf. Verstehst du, was ich meine?“, rief Axel.

Lucinda guckte ihn mit großen Kuhaugen an. Sie hatte keine Ahnung, was er meinte.

„Na ja, wir könnten doch so tun, als wären wir alle große Stars. He, einer deiner Typen soll mit einer großen Videokamera kommen. So eine, wie sie Fernsehleute verwenden. Und wir geben dann gemeinsam ein Interview. Du natürlich auch. Wir machen das mitten im Smaragd-Palast, wo besonders viele Leute sind. Bestimmt bleiben alle stehen, weil sie wissen wollen, was los ist. Dann erzählen wir ihnen, dass du ein Super-Popstar bist. Dominik kann so gut Theater spielen, dass es jeder glaubt!"

Von diesem Vorschlag war die eingebildete Lucinda sofort begeistert. Sie versprach, alle Vorbereitungen für das Spektakel zu treffen. Es sollte beim Eingang zum Vergnügungspark stattfinden, der ans Hotel Smaragdpalast angeschlossen war.

Als Lucinda loswieselte, um zu telefonieren, hoben die drei Knickerbocker den Daumen und nickten einander zu. Geschafft, die Falle war aufgebaut, jetzt musste ihr Verdächtiger nur noch reintappen.

Aber der Verdächtige hatte ganz andere Pläne.

# ALLES GEHT SCHIEF

Dominiks Probe endete um Punkt 13 Uhr. Zum ersten Mal hatte er seinen Showauftritt in Kostüm und Maske und mit Mikrofon geprobt und es hatte alles bestens geklappt. Obwohl Dominik den Trick kannte, erschien es ihm selbst wie ein Wunder, dass er sich in Feuer auflösen und an einer anderen Stelle wieder erscheinen konnte.

In zwei Tagen war Premiere, dann würde die Show zum ersten Mal gezeigt werden. Alle Mitwirkenden waren schon sehr aufgeregt, Dominik auch.

Er hatte mit seinen Freunden verabredet, dass sie ihn von der Probe abholten, und war erstaunt, dass nur Axel erschienen war.

„Was ist los? Wo sind die Damen?“, wollte Dominik wissen.

Axel zog ihn durch das Menschengewühl, das zwischen den tausenden Spielautomaten herrschte, und berichtete ihm in Stichworten von ihrem Plan.

„Lilo und Poppi waren kurz vor 13 Uhr im Hotel und sind einige Zeit vor dem Haupteingang auf und ab gangen. Dann haben sie ein Taxi genommen und sind hergefahren. Am Vormittag hat sich Mister X nicht blicken lassen. Aber wir hoffen, dass er den Girls gefolgt ist und jetzt zuschlägt. Ich wette, er versucht, das Interview zu verhindern und dann – schnapp – haben wir ihn!"

Dominik fand die Idee nicht so toll. Er hatte Zweifel, aber Axel wollte davon nichts hören.

Am Eingang zum Vergnügungspark standen bereits Lilo und Poppi und winkten ihnen zu.

„Wo ist Lucinda mit den Typen?", fragte Axel.

Lieselotte warf einen Blick auf die Uhr und seufzte. Es war bereits zehn nach eins, aber von Lucinda keine Spur. Wartete sie vielleicht an einem anderen Ort?

Zehn Minuten vergingen und die Junior-Detektive wurden unruhig. Sie spürten ein starkes Kribbeln im Bauch. Wo blieb Lucinda nur?

Um halb zwei sanken ihre Hoffnungen auf null. Falls ihnen der Verdächtige gefolgt war, wusste er jetzt, dass sie geblufft hatten. Von einem Fernsehteam keine Spur. Kein Interview, nichts. Sie hatten sich eine schlimme Blöße gegeben, und Lilo sah im Geist den Verdächtigen, wie er sich vor Lachen bog.

„Was machen wir jetzt?“, wollte Axel wissen.

Lieselotte wäre am liebsten im Boden versunken. Ihr schöner Plan war gescheitert und sie kamen keinen Schritt weiter. Sie hätte sich ohrfeigen können. Wieso hatte sie nur auf die dämliche Lucinda vertraut? Es war doch eigentlich vorherzusehen gewesen, dass sie es nicht schaffen würde.

„Kommt, wir gehen in den Vergnügungspark. Vielleicht heitert mich das ein wenig auf!“, knurrte Lilo grimmig. Sie bildete sich ein, dass auch Axel, Dominik und Poppi sie ein wenig spöttisch ansahen. Sie schienen sich zu freuen, dass selbst das Superhirn einmal irrte.

Die Bande löste vier Eintrittskarten, die die Form von Armbändern hatten. Wer so ein Ding trug, hatte zu allen Attraktionen freien Zutritt. Man musste sein Armband nur unter eine Metallplatte halten, schon öffnete sich jede Schranke.

Die Knickerbocker-Bande machte eine Abenteuerfahrt in einem Boot hinter die Kulissen eines Filmstudios, erlebte beeindruckende Sprengungen, sah einen Hubschrauber aus Pappe aufsteigen, geriet in eine wilde Seeschlacht, wurde nass gespritzt und rutschte in dem automatischen Boot schließlich sogar einen Wasserfall hinunter.

„Cool!", stellte Axel beim Aussteigen fest.

Als Nächstes gingen sie zur „Reise zum Mittelpunkt der Erde". In einer abgeschlossenen Gondel würden sie hier tausende Meter in die Tiefe rasen.

Sie waren allein in der Gondel, da sich nur wenige Leute im Park aufhielten. Jeder konnte ganz außen am Fenster sitzen und hatte die beste Sicht, wenn sich die Luken öffneten.

Der Fahrt war wirklich aufregend und alles wirkte sehr echt. Durch das große Frontfenster verfolgten sie den Riss des Zugseils und den Absturz in tausende Meter Tiefe. Die Gondel wurde wild geschüttelt und die vier Junior-Detektive purzelten von einer Seite auf die andere.

Ein harter Aufprall beendete die Sturzfahrt.

„Alles nur ein Trick, in Wirklichkeit stehen wir noch immer am selben Fleck!", erklärte Dominik.

Die seitlichen Fenster klappten auf und gaben den Blick in eine Eishöhle frei. Kühle Luft kam in die Gondel und vom Boden wallte Nebel auf.

„He, das Eis ist schlecht gemacht. Man sieht, dass es aus Kunststoff und Beton ist!", nörgelte Dominik.

Hinter den vier Freunden zischte es heftig. Dort

wo sich die leeren Sitze befanden, strömte plötzlich Nebel in die Gondel. Er strömte so stark, dass die gesamte Gondel schnell gefüllt war.

Die Knickerbocker fuchtelten wild mit den Händen und versuchten die Nebelschwaden zu vertreiben, aber es strömte immer mehr Nebel nach.

Dominik hustete. Der Nebel brannte schrecklich in den Augen. Verzweifelt tastete er nach dem Notschalter, fand ihn aber nicht.

In der Eishöhle brüllte etwas laut und eine riesige Sauriertatze schoss in die Höhe. Sie schlug gegen die Gondel und kratzte über das Außenblech.

Es folgte ein Saurierschädel, der lange Reihen spitzer Zähne zeigte.

Lilo und Poppi schrien auf, denn der Kopf war genau vor ihrem Fenster.

„Gehört das alles zu Show?“, brüllte Axel durch den Krach.

„Der Nebel sicher nicht. Da muss ein Rohr geplatzt sein!“, schrie Dominik zurück.

Zischend schlossen sich die Fenster wieder und auf der Frontscheibe, die in Wirklichkeit eine Art Mini-Leinwand war, erschienen Nahaufnahmen der unterirdischen Höhlen.

Noch immer war die Gondel von Nebel erfüllt, der sich aber langsam auflöste und verschwand.

Das Gerumpel ging weiter, als die Gondel auf einer Bergwerkslore aufsetzte und auf holprigen Schienen immer tiefer in die Erde raste.

Die Knickerbocker mussten sich festhalten, um nicht allzu heftig herumgeworfen zu werden und hunderte von blauen Flecken zu bekommen.

Sie schrien und kreischten vor Vergnügen.

Mit hochroten Gesichtern taumelten sie aus der Gondel, als sie endlich wieder auf der Erdoberfläche angekommen waren.

Die Aufregungen der Fahrt hatten ihre Enttäuschung über den fehlgeschlagenen Plan für kurze Zeit vertrieben.

Sie wankten ins Freie, und Axel stürzte zu einem Colastand, weil er schrecklichen Durst bekommen hatte.

„He, wo ist eigentlich Poppi?“, fragte Lieselotte.

„Sicher auf dem Klo“, meinte Axel. „Die regt sich doch bei solchen Sachen immer so auf.“

Die drei Knickerbocker warteten vor dem Ausgang der Bahn, aber Poppi kam nicht. Schließlich ging Lilo hinein, um nach ihr zu suchen, aber im Gebäude gab es gar keine Toiletten. Poppi musste also mit ihnen herausgekommen sein.

„Das ist sie aber nicht. Das weiß ich genau!“, sagte Lilo erschrocken. „Ich war von dem Gerüttel so durcheinander, dass ich gar nicht darauf geachtet habe, ob wir komplett sind. Aber ich weiß, dass ich als Letzte ausgestiegen bin. Mir ist nämlich meine Uhr aufgegangen und runtergefallen. Ich habe sie auf dem Boden gesucht und als ich aus der Gondel gestiegen bin, wart ihr alle schon draußen.“

Es bestand kein Zweifel. Poppi musste aus der Gondel gezogen worden sein, als der viele Nebel eingeströmt war. Sie war entführt worden. Der große Unbekannte, dessen Namen die Bande zu kennen glaubte, hatte seine Drohung wahr gemacht.

„Schnell! Kommt mit!“, rief Axel und rannte los. Die Bahn musste einen Hintereingang haben, den nur Mitarbeiter benutzen durften. Dort war Poppis Entführer hereingekommen. Er war in die Kammer eingedrungen, die als Eishöhle hergerichtet war, und hatte die Bande dort abgepasst.

Als die drei die Tür fanden und aufrissen, kam ihnen sofort ein Mann in einem roten Arbeitsanzug entgegen.

„Halt, raus, hier habt ihr keinen Eintritt!“, sagte er streng.

„Aber es ist vorhin hier jemand hereingekommen und hat unsere Freundin entführt!“, rief Axel aufgeregt.

Der Mann blickte ihn völlig überrascht an.

„Unmöglich, das hätte ich gesehen. Geht jetzt lieber!“ Er schob die Bande hinaus und schloss ab. Danach zog er sich in eine kleine Kammer zurück, ließ sich in einen tiefen Polsterstuhl fallen und legte die Beine auf den Tisch. Vor ihm standen mehrere Überwachungsmonitore, aber er schaute nicht einmal darauf, sondern legte sich ein Tuch auf das Gesicht und war bald eingeschlafen.

Aus diesem Grund bemerkte er auch nicht, dass

eine hagere, lange Gestalt an ihm vorbeischlich. Der Unbekannte hatte Poppi die Hand auf den Mund gepresst und schleppte sie zum Mitarbeiterausgang.

„Kein Wort, mein Mädchen", raunte er ihr zu. „Sonst kann ich sehr, sehr unangenehm werden, verstanden?"

Poppi nickte.

Kaum aber waren sie im Freien, biss sie den Unbekannten mit aller Kraft in die schwarzen Handschuhe. Sie erwischte eine Hautfalte und er stöhnte vor Schmerz auf und lockerte seinen Griff.

Poppi brüllte los wie eine Sirene.

# FALSCHER VERDACHT

Niemand kam ihr zu Hilfe.

Ganz im Gegenteil, die Leute blieben stehen und sahen sie und ihren Entführer amüsiert an. Sie dachten wohl, Poppi gehöre zu den Attraktionen des Parks. Schließlich wurden hier vor allem nachgestellte Szenen aus Filmen geboten, und die Besucher durften auch einen Blick hinter die Kulissen der Filmstudios werfen. Da passte so eine Entführungsszene doch gut rein.

Der Mann in den schwarzen Klamotten, der wieder eine Sonnenbrille und eine Baseballkappe trug, nahm seine Chance wahr. Er schnappte Poppis Arm und verdrehte ihn. Er machte alles sehr übertrieben und theatralisch, damit keiner auf die Idee käme, dass es sich um eine echte Entführung handelte.

Schritte näherten sich. Jemand rannte auf die kleine Gruppe zu, die sich rund um Poppi und den Mann gebildet hatte.

„Ich habe richtig gehört. Auf meine Ohren ist Verlass!", stellte Dominik zufrieden fest.

„Eigenlob stinkt! Stink später und hilf uns!", rief ihm Lieselotte zu.

Sie drängten sich durch die Menschen und versetzten dem Mann zwei schmerzhafte Tritte gegen das Schienbein. Axel kniff ihn kräftig in den Arm, woraufhin dieser Poppi losließ. Die Knickerbocker packten das jüngste Mitglied der Bande und zogen es fort.

„Schnell weg! Der ist gefährlich. Ich hätte nie gedacht, dass er durchdreht!", keuchte Lieselotte.

Sie verließen den Park und wollten im Gewühl des Smaragd-Hotels untertauchen. Zwischen den vielen Spielautomaten konnten sie bestimmt verschwinden.

Der Mann in der dunklen Jacke folgte ihnen. Er rief etwas, das sie aber im allgemeinen Lärm nicht verstehen konnten.

„Ist er das?", rief Axel Lilo im Laufen zu.

Das Superhirn hatte plötzlich große Zweifel.

Nein, Lilo hatte sich geirrt. Das wurde ihr jetzt klar. Sie war der Meinung gewesen, dass Winni in

Wirklichkeit ein Gauner war. Der Brief im Wagen war nämlich an ihn adressiert gewesen. Sein Vater hatte ihm geschrieben und ihn gebeten, schnellstens zu kommen. Er müsste ihm etwas Wichtiges anvertrauen und fürchtete, dass dazu nur noch wenig Zeit bliebe. Seine Krankheit hätte sich in den vergangenen Wochen verschlimmert, und er hätte nur noch wenige Tage zu leben.

Niemand anderer als Winni war also Axel in der Nacht entgegengekommen. Er hatte den Knickerbocker bestimmt gesehen.

Demnach hatte Winni gelogen. Er war längst in Las Vegas gewesen und nicht erst aus New York angereist. Den Ferrari hatte er gemietet, und wahrscheinlich hatte Winni ihn in der Nacht in der Garage versteckt, weil er das Grundstück nicht mehr verlassen konnte. Er wollte also nicht beim Haus gesehen werden.

Aber wieso? Was hatte er zu verbergen? War der falsche Chauffeur sein Komplize? Hatten die beiden etwas Schreckliches getan, was sie nun vertuschen wollten?

Winni hatte die Bande nur benutzt, um schneller an die Informationen zu kommen, die ihm sein Vater eigentlich hatte zukommen lassen wollen. Wahrscheinlich hatte er mit den blauen Katzen auch nicht sofort etwas anzufangen gewusst. Die Adresse hatte ihm aber weitergeholfen. Doch weil er verhindern wollte, dass die Bande auch hinfuhr, hatte er das Taxi überfallen, in dem aber Lucinda gesessen hatte.

Was hatten der alte und der junge Wintrop zu verbergen? Was war mit den Opfern geschehen? Wussten sie wirklich nichts mehr von ihrer Vergangenheit? War eine Art Gehirnwäsche bei ihnen vorgenommen worden? Wieso goss dieser Gordon Mitchel ständig den Rasen?

Hunderte Fragen rasten durch Lilos Kopf. Vor allem aber wollte sie wissen, wer der falsche Albert war. Er schien der Kopf des ganzen Unternehmens zu sein. Hatte Poppi mit ihrem Mafia-Verdacht Recht?

Der Mann in den dunklen Sachen ließ sich nicht abschütteln. Er blieb der Bande dicht auf den Fersen.

Plötzlich verstellte ihnen eine Menschenansammlung den Weg. Ein Spielautomat klingelte wie verrückt und spuckte in hohem Bogen Münzen aus. Viele Schaulustige hatten sich davor versammelt und beneideten oder beglückwünschten den glücklichen Gewinner.

„Mir nach!“, kommandierte Dominik. Die Rennerei war nicht seine Sache. Er keuchte schon sehr und schwitzte ganz schrecklich. Außerdem war er total erschöpft und wusste, dass er nicht mehr lange durchhalten würde.

Er riss eine Metalltür auf. Einige munter schwatzende Leute kamen ihm entgegen. Sie grüßten ihn und er grüßte zurück.

„Wohin gehst du?“, wollte Lilo wissen. Der Typ in den dunklen Kleidern rückte näher.

„Frag nicht!“, keuchte Dominik.

Sie liefen einen langen Betongang entlang, und Dominik öffnete die nächste Tür. Ohne auch nur ein einziges Mal zu rufen oder einen anderen Laut von sich zu geben, folgte ihnen der Unbekannte.

Sie standen vor einem hohen Gerüst aus Metallstangen, auf das mehrere Leitern führten.

„Was soll das? Ist das ein Spielplatz?“, brüllte Lieselotte.

Dominik gab keine Erklärungen ab, sondern kletterte los. Die anderen folgten ihm.

„Dicht bei mir bleiben!“, rief er über die Schulter.

Ihr Verfolger gab noch immer nicht auf. Er hetzte ihnen weiter nach und war sehr schnell.

Die vier hatten das Ende des Gerüsts erreicht und bemerkten verwundert, dass sie auf einem rötlichen Berg standen. Vor ihnen lag ein sanfter Abhang, der irgendwo in der Dunkelheit endete. Wenige Lichter beleuchteten den Hügel.

Ihr Verfolger war etwas außer Atem geraten, als er ebenfalls auf der Spitze des Berges ankam.

Dominik lief weiter, die anderen folgten ihm.

„Hier stehen bleiben, nicht bewegen!", kommandierte Dominik und verschwand.

Der Mann in den dunklen Kleidern war zuerst verwundert, grinste dann aber kurz. Er kam mit schnellen Schritten auf die drei Knickerbocker zu.

„Dominik, was soll das?", rief Lieselotte.

Keine Antwort.

Ihr Freund war verschwunden.

Der Typ mit der Sonnenbrille wurde schneller und streckte die Hände nach den drei Junior-Detektiven aus.

„Dominik!!!! Der hat uns gleich!", kreischte Poppi.

Noch immer keine Antwort.

Der Mann war nur noch drei Schritte entfernt. Axel, Lilo und Poppi hielten das nicht mehr aus und wichen ängstlich zurück.

Als der Mann die Stelle erreicht hatte, an der sie gestanden hatten, zuckte ein greller Blitz auf. Der Mann stieß einen erschrockenen Schrei aus und war im nächsten Augenblick verschwunden.

Lieselotte erkannte im Boden eine Art Falltür, die ihn offensichtlich geschluckt hatte.

Sekunden später wurde er am Fuß des Berges mit einem neuerlichen Feuerball in die Höhe geschleudert. Er landete hart auf dem Boden und blieb auf dem Rücken liegen.

Dominik kam hinter einem Baum aus Pappe hervor und rieb sich die Hände: „Los, nehmt ihm die Brille und die Kappe ab. Schnell!"

Er hatte den Verfolger auf die Apparatur des Zaubertricks gelockt und diese im richtigen Augenblick ausgelöst.

Lieselotte stürzte sich auf den geschockten Mann und riss ihm Brille und Kappe vom Kopf.

# ÜBERRASCHUNGEN

Darunter kam ein altes, faltiges, aber braun gebranntes Gesicht zum Vorschein.

Der Mann schlug die Augen auf. Die Knickerbocker wichen erschrocken zurück.

Aus dem Zuschauerraum des Theaters ertönte eine Stimme. Da Mittagspause war, konnte sie nur einem der Wachleute gehören.

„Ihr seid ganz schön zäh!“, sagte der alte Mann. „Aber bitte, macht jetzt keinen Skandal! Bringt mich schnell weg, ich flehe euch an! Ihr werdet es nicht bereuen. Ich sage euch alles, alles.“

„Sollen wir das glauben?“, fragte Axel Lilo leise.

Das Superhirn nickte.

Der alte Mann sprang auf, und Dominik führte sie von der Bühne. Der Wachmann rief ihnen etwas nach, aber das Theater war so riesig, dass er die Bühne erst erreichte, als alle schon wieder verschwunden waren.

Hastig setzte der Mann wieder Sonnenbrille und Kappe auf. „Wo gibt es euch zu kaufen? Solche wie euch hätte ich gern als meine Kinder oder wenigstens als meine Enkel!“, erklärte er.

Lilo erkannte die Stimme wieder. Jetzt, da der Mann langsam und ruhig war, konnte sie die Ähnlichkeit hören.

„Sie waren gestern im Gärtnerhäuschen, Sie haben sich als Albert ausgegeben!“, sagte sie ihm auf den Kopf zu.

„Ich bin Albert!“, antwortete er entrüstet.

„Sind Sie nicht. Der echte Albert ist mindestens doppelt so dick und hat eine Glatze!“, erwiderte Lilo streng.

Der Mann wurde sehr verlegen. „Na gut, ich gebe es zu ...“, sagte er leise. Er beugte sich ganz nahe an ihr Ohr und flüsterte: „Ich bin Winfried Wintrop!“

Lieselotte atmete tief durch. Sie hatte sich das gedacht, aber sie war nicht sicher gewesen.

„He, Sie sind doch Winfried Wintrop. Ich erkenne Ihre Stimme wieder!“, rief Axel in diesem Moment.

„Blitzdenker!“, ätzte Lilo. „Das weiß ich schon

lange“, fügte sie angeberisch hinzu. Axel streckte ihr die Zunge raus.

„Und wann gibt es die Erklärung? Und wo?“, fragte Lieselotte.

„Heute Abend, bei mir in der Villa. Kommt um acht! Und bitte, haltet bis dahin den Mund! Es wird nicht zu eurem Nachteil sein“, versprach Mister Wintrop und verschwand in der Menge.

„Du lässt ihn einfach laufen?“, fragte Poppi überrascht.

Lieselotte nickte. „Er rennt nicht davon, das weiß ich.“

Die Knickerbocker-Bande konnte den Abend kaum erwarten. Lucinda war im Hotel aufgetaucht und hatte sich tausendmal entschuldigt. Die Sache mit den Boys und den Kameras war schief gelaufen, weil die Jungs sie sitzen gelassen hatten. Lucinda stützte das Kinn in die Hand und seufzte: „Das haben sie nicht zum ersten Mal gemacht, diese Schufte!“

„Das macht mir die Knaben sehr sympathisch!“, murmelte Axel grinsend.

Die Bande schaffte es ohne Probleme, Lucinda am Abend loszuwerden und pünktlich um acht Uhr schritten die vier die lange Zufahrt zur Villa von Winfried Wintrop hinauf.

Archie hatte sie gefahren und wartete im Wagen. Sicher war sicher.

Die Tür stand offen und der Bobtail kam ihnen schwanzwedelnd entgegen. Etwas zögernd traten die Knickerbocker ein.

Mister Wintrop kam ihnen von oben entgegen und reichte jedem die Hand. Er erkundigte sich nach ihren Namen und war überaus freundlich.

„Ich habe mir erlaubt, ein kleines Essen zu richten“, sagte er und führte sie nach oben.

Die Türen der Zimmer standen offen, und die Junior-Detektive trauten ihren Augen nicht. Alle Räume waren plötzlich eingerichtet.

„Wo … wo sind denn die Möbel hergekommen?“, wollte Axel wissen, als sie ein gemütliches Esszimmer betraten.

Mister Wintrop holte eine Fernsteuerung aus der Hosentasche und tippte darauf herum. Leise surrend verschwanden die Möbel in den doppelten Mauern oder im Boden. Innerhalb von Sekunden war der Raum leer.

„Das beste Mittel gegen Einbrecher!“, erklärte er. „Und außerdem bin ich verrückt nach technischen Tricks“, fügte er verlegen grinsend hinzu.

Ein weiterer Druck auf die Fernsteuerung und die Zimmereinrichtung war wieder da. Zusätzlich kam ein kleiner Tisch aus dem Boden, auf dem ein Tablett mit Hamburgern stand. Als Poppi lieber etwas ohne Fleisch wollte, brachte das „Tischlein-deckdich“ sofort auch einen Gemüseburger.

„Aus welchem Grund haben Sie Ihren Tod vorgespielt?“, wollte Lieselotte wissen.

„Weil ich meinen Sohn Winni auf die Probe stellen wollte. Winni hat mir nie verziehen, dass ich mich von seiner Mutter getrennt habe. Er ist bei ihr aufgewachsen und wollte nie etwas von mir wissen. Na ja, und dann hat er sein eigenes Unternehmen gegründet, das aber nicht sehr erfolgreich ist.“

So etwas Ähnliches hatten sich die Knickerbocker schon gedacht.

„Ich habe Winni vor ein paar Jahren einmal getroffen und ihm von einem Mittel erzählt, das mir angeboten worden ist. Es ist eine Chemikalie, die Menschen auf bestimmte Sachen süchtig macht. Ich sollte sie damals in mein Eis mischen, damit die Leute noch mehr davon essen. Allerdings war nicht bewiesen, dass das Mittel keine anderen schlimmen Nebenwirkungen hat. Im Gegenteil: Es wurde sogar behauptet, es könne bei Leuten ein völliges Löschen der Erinnerung bewirken. Und diese Leute würden dann beginnen, total verrückte Dinge zu tun.

Ich habe Winni davon erzählt und gesagt, dass ich

das Mittel vielleicht testen würde. Er hat mich davor gewarnt, sich aber eigenartigerweise sehr genau danach erkundigt. Ich hatte den Verdacht, dass er es für seine erfolglosen Getränke verwenden wollte.

Winni hat lange nichts von sich hören lassen und plötzlich kam mir eine Idee. Ich wollte ihm gestehen, dass ich das Mittel doch verwendet hatte, und wollte sehen, was er dann tut. Er sollte sich völlig unbeobachtet fühlen, und deshalb habe ich ihn zu mir gebeten und ihm meine letzte Stunde vorgetäuscht. Ich konnte ja nicht wissen, dass du bei mir erscheinst!“ Er zeigte auf Axel, der gerade herzhaft in einen Hamburger biss.

„Überhaupt habt ihr mir von da an ständig dazwischengefunkt. Winni sollte die Katzen suchen und beweisen, dass er Grips hat, nicht ihr. Übrigens bin ich von eurem Spürsinn begeistert. Kompliment!“

Die Bande war stolz. Sie hatten wirklich sehr viel herausgefunden, und mittlerweile passten auch die meisten Puzzleteile zusammen.

„Haben Sie das Zeug wirklich an Menschen getestet? Ist dieser Gordon Mitchel tatsächlich verrückt?“, wollte Poppi wissen.

Mister Wintrop schüttelte energisch den Kopf. „Aber nein, er ist Schauspieler. Ich habe damals die

Formel dieses künstlichen Süchtigmachers gekauft und für immer in einem Tresor verschwinden lassen."

Lilo verstand jetzt auch, warum der Hund damals ins Haus gelaufen war. Mister Wintrop hatte sich auch nach seinem angeblichen Tod hier versteckt gehalten und konnte ihn automatisch aus seinem Zwinger holen. Eine Hundepfeife, die für das menschliche Ohr nicht hörbare Töne produziert, half ihm dabei.

„Ich halte Valentino sonst nie im Zwinger, aber da so viele Leute im Haus waren, musste ich es tun. Er hätte mich sonst verraten und an der Wand gekratzt, hinter der ich mich versteckt habe."

Lilo nickte wissend. Die Augen hinter dem Bild waren also die von Mister Wintrop gewesen.

„Winni hat die Probe übrigens gut bestanden. Er hat Gordon gestern besucht und sich danach erkundigt, wie man ihm helfen kann. Er war geschockt, das war nicht zu übersehen. Ich habe ihn nämlich genau beobachtet." Winfried Wintrop war sehr zufrieden.

„Aber wieso waren sie gestern Nacht in Allegrettas Villa?", wollte Lieselotte wissen.

Mister Wintrop wurde mit einem Schlag sehr verlegen.

Er drückte abermals auf seine Fernsteuerung, und aus einem Schrank kam ein Schwenkarm mit einem Telefon darauf. Er griff danach, wählte eine dreistellige Nummer und redete sehr schnell und leise.

Nachdem er wieder aufgelegt hatte, drehte er sich zu den Knickerbockern und sagte: „Nicht nur ich bewundere euch. Ihr habt auch jemand anderen schwer beeindruckt. Ihr sollt jetzt etwas erfahren, was niemand weiß. Aber nur, wenn ihr es für immer für euch behaltet. Schwört ihr das?“

Die Junior-Detektive hoben die rechte Hand. Ein Geheimnis war bei ihnen sehr gut aufgehoben.

Einige Minuten später ging die Tür auf.

# AUCH ERWACHSENE WOLLEN SPASS

Die vier Freunde erkannten sofort, wer eintrat. Es war Allegretta. Sie trug ein langes, dunkelblaues Samtkleid, und ihr wallendes weißes Haar war frisch frisiert.

Lächelnd nickte sie den Junior-Detektiven zu. Sie setzte sich neben Winfried Wintrop und nahm seine Hand. Die beiden Alten blickten einander wie ein junges Liebespaar an und sagten eine Weile kein Wort.

„Aber … aber … Sie sind doch tot!", stieß Axel plötzlich hervor. Er bekam dafür einen Tritt von Lieselotte unter dem Tisch.

Allgretta lächelte. „Für viele bin ich das, ja. Weil ich nämlich den Rummel um meine Person satt hatte. Es ist schön, ein Star zu sein, aber es ist auch anstrengend. Außerdem hatte ich immer wieder darüber nachgedacht, was geschehen würde, wenn ich einmal sterbe. Würden mich plötzlich auch Leute loben, die mein Klavierspiel vorher entsetzlich fanden? Würde es noch nach meinem Ableben Ehrungen und Auszeichnungen geben? Na ja, und so habe ich mein geheimnisvolles Verschwinden inszeniert. Albert und Sophia, meine treuen Begleiter, haben mir dabei geholfen.

Noch immer trete ich auf, aber nur vor wenigen Leuten und nur, wenn ich Lust habe. Ich kann euch sagen, es macht riesigen Spaß zu spuken."

„Aber Sie sind doch nur aus Licht ...", sagte Dominik.

Allegretta nickte. „Aber ich spiele trotzdem live. Ich sitze im Nebenraum. Die Erscheinung wird elektronisch in das andere Zimmer projiziert. Eine Idee von Wilfried – er hat ja so viel Spaß an solchen Spielereien ... Wenn alle Besucher gegangen sind, kann ich mein geliebtes Haus ungestört bewohnen."

„Da wir zwei uns schon immer sehr gemocht haben, sind die Häuser unterirdisch verbunden", erklärte Mister Wintrop. „Wisst ihr, auch Erwachsene wollen Spaß, und den haben wir."

Die beiden kicherten übermütig. Zwei völlig ausgeflippte alte Menschen, die die Welt an der Nase herumführten!

„Ich wollte euch nie etwas tun, aber ich wollte euch abschrecken, denn ich hatte Angst, ihr würdet wirklich die Wahrheit über mich und Allegretta herausfinden", gestand Winfried Wintrop. „Deshalb habe ich auch als ‚Geisterkatze' herumgespukt. Auf die Idee kam ich durch die Geschichte, die Albert über Allegrettas Entführung erfunden hatte. Na ja, und dann kam ich auf die Sache mit dem Drohanruf ..." Winfried schwieg verlegen.

Jetzt war Lilo an der Reihe zu grinsen. „Ich habe die Wahrheit über Sie gar nicht gewusst. Ich habe geblufft und gewonnen. Sie haben mir alles erklärt, was ich wissen wollte."

Mister Wintrop war sprachlos.

Jemand stürzte die Treppe herauf und kam ins Zimmer gerannt. Es war Winnie, der zuerst nur die vier Knickerbocker sah.

„Da seid ihr, ich habe einen Anruf bekommen, dass ..."

In diesem Augenblick bemerkte er seinen Vater und die berühmte Klavierspielerin. Er starrte sie mit großen Augen an, schluckte ein paarmal und stotterte: „Ich brauche Wasser!"

Mister Wintrop drückte die Fernsteuerung, aber

diesmal erschien kein „Tischlein deck dich“. Stattdessen setzte heftiger Nieselregen von oben ein.

„Oh nein, jetzt habe ich den Feuerlöscher ausgelöst!“, stöhnte Mister Wintrop.

„Eine kleine Abkühlung tut gut!“, meinte Axel.

„Und erfrischt uns für den nächsten Fall!“, fügte Lilo hinzu.

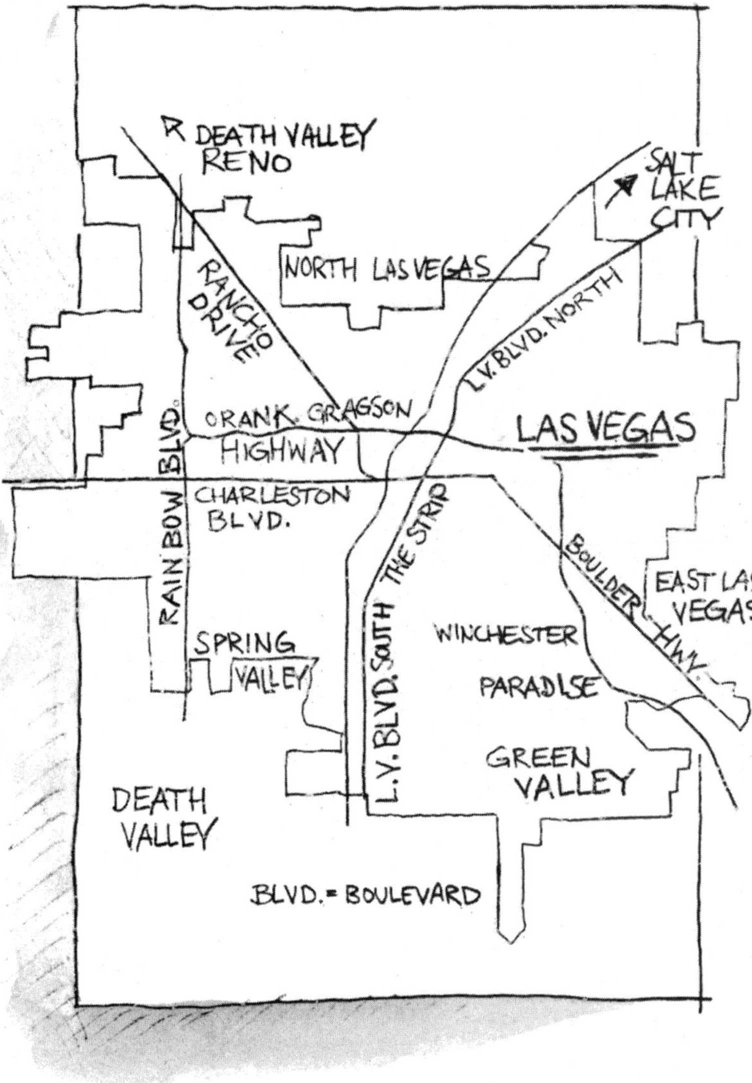
DEATH VALLEY
RENO
SALT LAKE CITY
NORTH LAS VEGAS
RANCHO DRIVE
L.V. BLVD. NORTH
ORANK. GRAGSON
HIGHWAY
LAS VEGAS
RAIN BOW BLVD.
CHARLESTON BLVD.
THE STRIP
L.V. BLVD. SOUTH
BOULDER HWY.
EAST LAS VEGAS
WINCHESTER
SPRING VALLEY
PARADISE
GREEN VALLEY
DEATH VALLEY
BLVD. = BOULEVARD

# DER KNICKERBOCKER-BANDENTREFF

**Werde Mitglied im Knickerbocker-Detektivclub!**
**Unter www.knickerbocker-bande.com kannst du dich als Knickerbocker-Mitglied eintragen lassen. Dort erwarten dich jede Menge coole Tipps, knifflige Rätsel und Tricks für Detektive. Und natürlich erfährst du immer das Neueste über die Knickerbocker-Bande.**

**Hier kannst du gleich mal deinen detektivischen Spürsinn unter Beweis stellen – mit der Detektiv-Masterfrage, diesmal von Axel:**

HALLO KUMPEL,

die ganze Sache sieht doch so aus: Hätte ich mich am Anfang nicht ganz versehentlich in der Hausnummer geirrt und wäre nicht in die vollautomatische Villa von Winfried Wintrop reingestiefelt, hätte es dieses Abenteuer einfach NICHT GEGEBEN. Da kann sich Lilo noch so oft über meinen angeblichen Dickkopf aufregen. Aber Lilo ist manchmal auch verdammt sturschädelig. Sie hatte doch in dem Ferrari in Wintrops Garage einen Briefumschlag mit einem Namen darauf gefunden – und

denjenigen, dessen Name draufstand, hielt sie für den Schuldigen. Uns wollte sie natürlich nichts sagen und alles alleine durchziehen. Und baute dann diese blödsinnige Falle im Smaragdpalast.
Und das ging ja wohl total daneben …
Tja, und du? Immer den vollen Durchblick gehabt?
Dann kannst du ja sicher total locker diese Frage beantworten: Welcher Name stand auf dem Briefumschlag, den Lilo im Ferrari gefunden hatte?

Die Lösung gibt's im Internet unter
**www.knickerbocker-bande.com**
*Achtung:* Für den Zutritt brauchst du einen Code.
Er ist die Antwort auf folgende Frage:

Wie heißt die Hauptstadt des USA-Staates Nevada?

| **Code** | |
|---|---|
| **44087** | Las Vegas |
| **47084** | Carson City |
| **48047** | San Francisco |

Und so funktioniert's:
Gib jetzt den richtigen Antwortcode auf der Webseite unter **MASTERFRAGE** und dem zugehörigen Buchtitel ein!

Hasta la vista
dein
Axel

# HALLO THOMAS!

**Wolltest du schon immer Schriftsteller werden?**
Zuerst wollte ich Tierarzt werden, aber ich habe beim Studium schnell erkannt, dass das kein Beruf für mich ist. Geschichten habe ich mir immer schon gerne ausgedacht und geschrieben habe ich auch gerne. Allerdings nicht in der Schule, denn meine Deutschlehrer waren immer nur auf Fehlerjagd. Geschrieben habe ich mehr für mich und durch viele Zufälle ist aus dem Hobby ein Beruf geworden.

**Wie lange brauchst du für ein Buch?**
Ganz unterschiedlich. An guten Tagen schaffe ich etwa 20 Buchseiten. Es gibt auch Tage, an denen ich nur wenig schaffe. Trotzdem setze ich mich immer hin. Ich höre übrigens immer mitten im Satz zu schreiben auf. Am nächsten Tag fällt das Anfangen dann viel leichter.

**Erfindest du alles, was in deinen Büchern steht oder recherchierst du viel?**
Natürlich recherchiere ich, wenn es das Thema verlangt. Sehr gründlich. Das ist auch wichtig für mich, weil ich mich sonst beim Schreiben nicht sicher fühle. Zum Recherchieren bin ich schon U-Boot gefahren, durfte einmal als Flugschüler ein kleines Flugzeug steuern, habe einen Sturzflug miterlebt, Tierpfleger bei der Arbeit begleitet, lange

Gespräche mit Tierschützern geführt und viele Städte und Länder bereist. Die Geschichten selber entstehen natürlich in meiner Fantasie.

**Woher nimmst du eigentlich deine Ideen?**
Hm, das ist mir selbst ein Rätsel. Sie kommen ganz einfach. Ich ziehe Ideen an wie ein Magnet … Ich halte Augen und Ohren weit offen und fange sie auf diese Weise ein. In meinem Kopf reifen sie dann. Manche ein paar Wochen, andere ein paar Jahre. Von 1000 Ideen setze ich aber nur vielleicht 30 um. Ich sammle ständig und überall. Oft genügt ein winziger Anstoß und auf einmal wächst daraus die Geschichte.

**Entstehen deine Geschichten erst beim Schreiben am Computer oder hast du sie schon vorher ganz genau in deinem Kopf?**
Mehr als zwei Drittel sind fertig, wenn ich mich zum Schreiben hinsetze. Ich notiere jede Idee in einen Mini-Computer, den ich immer dabeihabe, aber nur aus einigen werden dann Geschichten. Manchmal braucht das „Wachsen“ ein paar Wochen, manchmal ein paar Jahre.

**Was ist das für ein Gefühl, wenn man so bekannt ist?**
Ich finde es toll, wenn ich Briefe und E-Mails von Lesern bekomme, die mir erzählen, wie viel Spaß und Spannung sie beim Lesen hatten. Das ist für mich ein wunderbares Gefühl. Schließlich schreibe ich nicht, um bekannt zu sein, sondern weil es für mich die tollste Sache der Welt ist.

## Ravensburger Bücher

**Thomas Brezina**

### Der Computerdämon

Band 58

Als Axels neuer Computer ein Eigenleben entwickelt und Daten versendet, ohne dass ein Befehl eingegeben worden wäre, stehen die Knickerbocker vor einem Rätsel. Sie nehmen die Ermittlungen auf und geraten in finstere Machenschaften.

ISBN 978-3-473-**47098**-3

**Thomas Brezina**

### Im Bann des Geisterpiraten

Band 64

Auf einer Kreuzfahrt erfahren die Knickerbocker von dem Piraten Luke Luzifer: Sein Dreimaster trieb nach einem blutigen Raubzug tagelang auf offener See. Kapitän und Besatzung waren spurlos verschwunden. Ein Buch aus der damaligen Zeit taucht auf, und die vier Freunde geraten in den Bann der Geisterpiraten. Droht ihnen ein ähnliches Schicksal?

ISBN 978-3-473-**47099**-0

www.knickerbocker-bande.de

Ravensburger

HC_06_070